《外科室》的一心一意
Mizuki Nomura
野村美月
illustration 竹岡美穂
U0028800

目錄

繪者　竹岡美穗

第一章

《長襪皮皮》幸福的日子

一走出車站票閘，我就聽到那個聲音。

『拜託你，把我帶回小花的身邊。』

聽起來像個活潑女孩，清脆而急促的可愛聲音不斷地說著一樣的話。

『我一定要回到小花的身邊才行。拜託你。』

放學後，我為了幫媽媽跑腿而來到車站，路邊有個書櫃，裡面的舊書可以自由取閱。我豎耳聽著帶有強烈意志和懇求的可愛聲音從那邊傳來，慢慢走向書櫃，拿起一本書。

髒汙的封面畫著一個女孩，她穿著高度過膝的襪子和鞋尖很長的鞋子，懷裡抱著一隻猴子，臉上有雀斑，綁著辮子。

我雙手捧著那個書頁彎曲泛黃的「女孩」，透過眼鏡的鏡片和她相望，露出微笑，像在說悄悄話般地小聲問道：

「在呼救的是『妳』吧？初次見面，我是榎木結，我能幫妳什麼忙？」

◇ ◇ ◇

不知為何，我從懂事以來就能聽見書的聲音，還能和他們對話。在鎮上的圖書館聽到的聲音輕柔又親切，在小小的舊書店裡聽到的聲音悠哉又平穩，而堆積在書店新書區的書本就像剛出生的雛鳥一樣活潑地叫著。

這對我來說只是稀鬆平常的事，就像經過熙熙攘攘的人潮時聽到的嘈雜聲，但我偶爾也會像這樣停下腳步，仔細傾聽他們說的話，或是和他們交談。

我和她應該也很有緣吧。

『其實我不是車站的自由取閱書本，而是小花的書。小花在七歲時和爸爸來到書店，我們就相遇了，我們都覺得彼此是命中註定的對象。小花拜託爸爸買下我，把我帶回家了。』

回家以後，我在房間裡又問了她一次，她用清脆的聲音焦慮地說起自己的遭遇。

她（聲音聽起來像女孩，所以就當她是女孩吧。）封面上的書名是《長襪皮皮》，作者是瑞典的童書作家阿思緹·林格倫，她寫過「大偵探卡萊」系列和「吵鬧村的孩子」系列等知名作品。

『我是林格倫女士第一本出版的作品，等於是她的長女。』

她如此說道。

書中描述了世界最強的女孩——穿著長襪和大鞋子的皮皮——某一天帶著小猴子尼爾森先生和一皮箱金幣，獨自一人住進雜草叢生的「亂糟糟別墅」，發生了很多有趣的日常瑣事，是讓所有小孩心神嚮往的愉快故事。

『小花是個愛哭又膽小的女孩，營養午餐如果有她討厭的番茄，她就會吃很久都吃不完，玩躲避球時會被球打到流鼻血，媽媽叫她沒寫完功課不能看電視，關掉她最愛看的魔法少女假面女僕時，她還會躲在房間裡哭泣。可是她只要讀了我，就會停止流淚，彎起嘴角，嘻嘻笑起來。小花對我說過「我也想變得和皮皮一樣」，每當她覺得寂寞，我們就會一起睡在床上，她覺得不安的時候，我們就會一起上學。小花考上國中的時候，很開心地對我說「因為有皮皮陪著我，所以我一點都不緊張」。』

放在書桌上的她落寞地說著「小花最喜歡我了，我也最喜歡小花了，我從來沒想過會跟小花分開」。

我坐在椅子上，一邊聽一邊「嗯嗯」地回應。

她原本是小花「最重要的書」，為什麼會在車站的借閱處呼救呢？

因為小花在國中一年級的某一天把她丟在車站長椅上了。

『那一天，小花從早上就很沒精神，一副鬱鬱寡歡的樣子，她沒去上學，而是用手提紙袋裝著前一天做的薑餅和我出門了，但她走到一半好像覺得不舒服，她下了電車，在長椅上呆呆地坐了好久，不時低頭掉淚，用手擦擦眼睛，眨眨眼……我想她一定有很難過的事。她平時難過的時候都會讀我，然後就會恢復精神，但那一天她卻沒有拿起我，而是把我連紙袋一起丟在長椅上了。』

後來她被當成失物送到站務員那裡。

一開始她很樂觀地想著「小花一定很快就會來接我的」，但是直到小花做的薑餅都受潮變軟，小花還是沒有出現。

『小花平時不會去那個車站，而且她那天精神不好，身體又不舒服，或許她記不得是在哪裡把我弄丟的……再不然就是被某些事絆住了……』

她不知道小花為什麼沒有來接她，過了失物保管期限以後，薑餅就被丟掉了，而她則是被擺到了車站的借閱處，被小花以外的人借來借去。

這樣的日子不知道過了多久，因為她是書，所以搞不清楚詳細的時間。

她的書頁漸漸泛黃，封面也嚴重破損。

『我每天都在那裡向路過的人呼喊，希望有人把我帶回小花的身邊，回應我的人只有你一個，謝謝你。』

「希望妳能再見到小花。」

『嗯。』

她回答的聲音開朗得像陽光一樣燦爛。我想像著一個綁辮子的雀斑女孩笑咪咪的臉龐，不禁也跟著露出笑容。

啊啊，她真的很喜歡小花呢，她真的很想回到小花的身邊呢。

嗯，我會幫她的，因為我是書本的朋友。

◇　◇　◇

總之我先把皮皮（暫且這樣叫她吧）提供的資訊寫下來。

小花的名字是樋口花。

年齡至少在國中一年級以上。

她和爸爸媽媽住在一起，平時都搭電車去私立中學。

她的制服是灰色西裝外套和格紋百褶裙，還有胭脂色的蝴蝶結。

我搜尋了私立國中的制服給皮皮看，但她都說不是。

「妳知道小花的家靠近哪一站嗎？」

『……對不起。』

唔，這樣還真不好找。

我坐在旋轉椅上，盤著雙臂沉吟。

沒辦法了，去拜託可靠的學長看看吧。

隔天，我在午休時間去找學長。

「啊？又來了？」

學長睜大了眼睛。

「你對書真的很好耶，乾脆開一間書的萬事屋算了，很少有高中生擁有和書本對話的『專長』，一定會生意興隆的。」

「如果書本付得起酬勞的話，我可以考慮看看。」

「有道理。」

坐在皮革沙發上，彷彿覺得有趣而揚起嘴角的人，是三年級的姬倉悠人學長。

他是個高挑又閃亮的帥哥，被大家譽為校園王子。事實上，悠人學長的母親是學校的理事長，還是日本數一數二的大富豪姬倉家的領導者。悠人學長是她的長子，可說是血統純正的貴族。

他和我這種平凡的庶民眼鏡男原本應該是八竿子打不著，但是因為我有這種

「專長」，所以我們才有機會交談。在學校裡只有悠人學長知道我能聽到書的聲音。

我們現在所在的豪華房間是音樂廳的來賓室。這棟圓頂的現代建築是屬於管弦樂社的。聖条學園管弦樂社的畢業校友不只有專業音樂家，還有很多政經界的知名人士，而悠人學長從高一就開始擔任管弦樂社的指揮，這似乎是姬倉家長子的慣例。

悠人學長曾經說過。

他媽媽叫他可以去自己喜歡的社團做自己喜歡的事，但他不加思索地進了管弦樂社，因為他從小就經常跑來媽媽在音樂廳最頂層的畫室，對這地方很熟悉；他也常聽音樂會，對管弦樂很感興趣。

他灑脫的說話方式真的很帥，在我看來簡直像是另一個次元的人。

話說回來，在一個有服務臺的地方擁有自己的房間已經夠厲害了。樂團的每種樂器都有各自的練習室，其中最豪華的就是這間來賓室。

房間裡有皮革沙發、大理石桌，牆邊還有擺滿音樂比賽獎牌的焦褐色矮桌，搞不好比校長室更氣派。是說我也沒進過校長室啦。

悠人學長能把這房間當成私人空間用來休息，在我的眼中他已經擁有一切，什麼都做得到。

雖然他自己說家庭也為他帶來了很多受限之處，但他必定擁有各式各樣的管道，光是坐在房間裡也有辦法蒐集到情報。

以悠人學長的條件來看，他一定查得出樋口花的下落吧？

順帶一提，我也搜尋過樋口花這個名字，但是找不到符合敘述的女孩。

「是啊，光靠名字來找人是很難的，若是名人或罪犯也就算了，要找一個普通的國一女生根本是大海撈針。在新生兒命名排行榜，『花』一直都是前二十名耶。」

「無論如何還是希望學長能幫忙。」

我不顧滑落的眼鏡，雙手合十懇求，悠人學長露出了會讓女孩意亂情迷的帥氣笑容說：

「好，那我也有事要請你幫忙。」

◇　◇　◇

『一開始只是摸摸手臂，拍拍肩膀，之後慢慢地摸到背後，手還滑到人家的腰上。』

『對對對，都是很難判斷算不算敏感地帶的部位，所以被摸的女生也不確定該不該推開他。』

『唔，手段確實高明。雖然很接近灰色地帶，但絕對是黑色。真是個色狼老師。』

放學後，在社會科資料室裡，我向會議桌上的歷史年表和用語集打聽消息。

——我聽說教日本史的武川老師對女學生性騷擾。他經常在資料室單獨指導學生，你能不能去跟資料室裡的書本打聽一下實際情況？

別人來拜託事情，就用理所當然的態度要求回報。悠人學長就是這種人。算了，反正我也不好意思欠他人情，這樣也好啦。聽書本們七嘴八舌地說話真的很辛苦，聲音都摻雜在一起，很難聽清楚。

「各位，一個一個來好嗎？」

我試著控制場面。

『那我先講！』

『不，聽我說啦。』

『第一個是我！』

但書本們還是搶著說話。

『武川那傢伙特別喜歡個性保守的女孩，看到那些正經的女孩被摸了還是努力忍耐不敢吭聲，他就興奮得要命，真是個大變態。』

『那傢伙的喜好很明顯，他帶來的全是身上沒有幾兩肉的瘦巴巴女孩。』

『女生還是豐滿一點比較好，摸起來比較舒服。』

『唔，像教世界史的尾花老師那樣成熟豐腴才迷人，而且她還是有夫之婦，真是太棒了。』

『喔喔，人妻確實不錯。德川家康的妾室全都是人妻或離過婚的女人。不愧是統一天下的男人，果然有眼光。』

『織田信長最寵愛的也是守寡的生駒和阿鍋，還跟她們生了孩子。』

『相較之下，秀吉老是對年輕處女下手，而且專挑身分高貴的。真是太低級了。』

『等一下，秀吉收她們當妾室也是為了作為人質吧。』

『還是人妻好。』

『家康老了還不是也對年輕女孩下手。』

『說到信長就會想到森蘭丸呢。』

哎呀，話題越扯越遠了。

「不好意思，戰國武將的妾室可以晚點再討論，我們可以繼續談武川老師性騷擾的事嗎？」

『我就說了是黑色啊！』

『那個猥褻的亂摸大魔王！』

『一開始先拍肩膀，接著撫摸背後……』

「拜託不要同時講話啦。我還得抄下來，請你們說慢一點。」

就這樣，我回家時已經天黑了。

「唉，累死人了。」

我拿著書包趴在床上，沒脫下眼鏡就直接把臉埋在枕頭裡。我該怎麼向悠人學長報告呢……說武川老師有罪，他確實對女學生性騷擾，這樣就行了嗎……我正在思考時，有個活潑女孩的聲音擔心地叫著：

『沒事吧，結？你看起來很累呢。』

我仍趴在棉被上，眼鏡滑落的臉轉向書桌，微笑著回答：

「嗯，學長叫我幫忙辦一些事。啊，我也調查了小花的事。」

『謝謝，但是請別太勉強，如果你病倒了，我會愧疚到想要倒立後退走的。』

「哈哈，那我還真想看看。」

『真的要嗎？』

「妳做得到嗎？」

『先把我放在床上，然後你倒立向後走，這樣我看起來就好像倒立後退走了。』

「呃……是嗎？」

『小花也會倒立，她像皮皮一樣地嬉鬧，結果撞到頭，腫了一個大包。』

「唔……我可能也會撞出一個大包，所以還是不要做比較好。」

『這樣啊，真可惜。』

她似乎真的很遺憾，又用開朗雀躍的語氣說：

『對了，你可以讀我啊。小花只要讀了我，就會破涕為笑，恢復精神呢！結果，你也讀我吧！』

我想像著穿了長襪和大鞋子、綁辮子有雀斑的開朗女孩眼睛發亮說話的模樣，不禁揚起嘴角。

啊啊，和皮皮待在一起好像真的比較有精神了。

「謝謝妳。可是……」

不能在這裡讀。

我正要說出這句話的時候……

『劈腿……』

一個冰冷的聲音傳來，簡直令我後頸冒起雞皮疙瘩，背脊發寒。

『劈腿……不可原諒……』

一個稚嫩而清澈，像冰一樣冷冽的聲音從我丟在床上的書包裡綿延不絕地傳出。

『劈腿……劈腿……劈腿……劈腿……劈腿……劈腿……』

糟了。我本來想把書包放在客廳的，結果累到忘記了。

皮皮嚇了一跳。

『咦？咦？是誰？』

她問道。

「啊，那個……」

此時那個「劈腿，劈腿，劈腿……詛咒你，殺死你，罰你去做苦役」的聲音變得越來越冰冷、越來越怨恨，每一聲都讓我害怕得背脊顫抖，全身冰涼。

「對不起！皮皮，請妳等一下！」

我抱著書包竄出房間，衝下樓梯，跑進一樓的客廳。

「怎麼了，結？看你跑得這麼急。等一下要吃晚餐囉。」

媽媽從廚房探出頭來。

「嗯，我知道了。」

我隨口回答，打開書包，課本旁邊擺著我每天帶在身上的薄薄文庫本，封面是高貴的淡藍色調，既優雅又充滿了魅力……

『結，我絕對不容許你劈腿……把那本書給我燒了，灰燼從頂樓灑出去，讓她知道覬覦你會有什麼下場。不然就把她一頁一頁地割下來丟進鍋子裡熬成紙漿，或是用針刺穿她的每一個字，也可以用紅色原子筆塗掉所有字句，或在書角穿洞綁上繩子，綁在四匹馬上撕裂。乾脆在封面潑硫酸，讓她變得破破爛爛，你就沒辦法讀了。還是要丟進一群山羊之中，讓她被活生生地啃食？又或者乾脆詛咒你的眼睛掉進硫酸，這樣你就不會再劈腿了。劈腿的罪是很重的，我絕不容許你在我們兩人愛的小窩裡看其他的書。詛咒你，一定要詛咒你，絕對要詛咒你，死都不能劈腿。』

「嗚哇，我真的沒有劈腿啦。對不起，我會再找時間好好地向妳陪罪，妳先等

呪
呪
呪
呪
※詛咒你

一下喔。」

我把冷酷可愛又殘忍、我最心愛的夜長姬放在沙發坐墊上，聽著她「結，詛咒你」的細細聲音從背後傳來，匆匆忙忙地跑回自己的房間。

『結，剛才說話的是誰？因為我厚著臉皮進你的房間，讓那個人生氣了嗎？』

看到皮皮如此擔憂，我不好意思地搔搔鼻頭，重新調整眼鏡的位置，說道：

「呃，那個……就像妳和小花的關係一樣，該說她是我命中註定的書呢……還是該說我們是分不開的關係呢……簡單說，她是我的女友。」

『哎呀！』

皮皮發出訝異的聲音。

『我第一次看到有人把書當成女友呢。』

我想也是。

有很多人愛書成痴，也有不少人把書當成情人，但是忠於一本書的人應該很少吧。

我們會發展成這麼親密的關係是有理由的。那個就先不提了，總之因為夜長姬太愛吃醋，所以我的房間除了課本之外都不能擺其他的書。

『她那麼愛你，如果你劈腿的話，她恐怕會把你和那本書都殺死呢。連我都感覺得到她的殺氣，真是嚇死我了。』

嗯……她還說要把皮皮丟進鍋裡煮或是丟給一群山羊啃食。

『這麼愛吃醋真是讓人害怕。不過，你也愛她的話，那就是兩情相悅了。真棒。』

「啊哈哈……」

如果我想看其他的書，只能瞞著夜長姬偷偷地看，還會感到非常內疚，真的很辛苦耶。

聽到皮皮說得一副深受感動的樣子，我的臉都發紅了。

「別談我的事了，我想多問妳一些小花的事，像是小花的外表，她在房間裡會做什麼，你們出去時發生的事之類的，什麼都行。」

聽我這麼一說，皮皮就開心地說得滔滔不絕。

『小花小的時候會模仿皮皮綁辮子，還會拜託媽媽買長襪給她，把小腳伸進爸爸的鞋子裡，笑著說**我像皮皮一樣喔**。她有一次想學皮皮在地上擀餅乾的麵糰，把地上弄得到處都是麵粉，結果被媽媽罵了一頓，難過地哭喪著臉。後來媽媽說，**這本書只會教小花怎麼搗蛋**，想要把我拿走，小花緊緊把我抱在懷裡，哭著說**我會乖乖的，請不要丟掉皮皮**，死命地保護我，她還帶著我離家出走了。』

「離家出走？」

『只是去了附近的公園啦。』

小孩要離家出走也只能這樣吧」。

『公園裡有一座長頸龍溜滑梯，裡面是中空的，小孩子可以爬進去。小花窩在裡面，撐到晚上八點。因為冬天很冷，小花凍得鼻子都紅了，她流著鼻水，但還是緊抱著我說**我們永遠都要在一起**，我也對小花說**我也是這樣想的，我們永永遠遠都要在一起**。後來爸爸出來找她，她就回家了。』

——皮皮不會被丟掉嗎？

——嗯，爸爸會去拜託媽媽的。

——真的嗎？

——我向妳保證。

——太好了。

在回家的路上，小花打從心底放鬆地笑著，爸爸說「妳真的很喜歡那本書呢」，她就笑得更開心了。

——嗯，我最喜歡皮皮了！

她如此回答。

真是個溫馨的故事……我聽得不禁莞爾。

此外，剛才那個故事還透露了重要的線索。

「長頸龍溜滑梯在市內的公園很少見，說不定搜尋得到。」

我立刻拿出智慧手機搜尋。

「有了！」

我搜尋到一張照片，那座溜滑梯的造型是一隻綠色的長頸龍把長脖子伸向地面。

「怎樣？有看過嗎？」

我把照片拿給皮皮看。

『喔喔！就是這個溜滑梯！沒有錯！』

她興奮地喊著。

「好！」

我忍不住握拳做出勝利姿勢。

「那座公園離我家不遠，明天就早點起床去看看吧。」

這一晚，我把我去資料室打聽武川老師性騷擾嫌疑的調查結果，用訊息傳給悠人學長，很早就上床睡覺了。

去跟一直被放在客廳的夜長姬道晚安時，那稚嫩的聲音還在喃喃說著：

『劈腿……詛咒……做苦役……讓傳染病散播出去……讓結和我以外的人全都死光……』

真是太嚇人了。

那色調高貴的封面彷彿瀰漫著一股冰冷的氣息，我不禁嚇得發抖，心想「唉唉……這下子麻煩了」。沒辦法，只能等小花的事情解決之後再慢慢地討好她、求她原諒了。

「晚安，夜長姬。我愛妳喔。」

說完我就回自己的房間了。

◇ ◇ ◇

到了隔天早上。

我比平時提早兩個小時出門，皮皮在書包裡興高采烈地說著『或許很快能見到小花了』。

有長頸龍溜滑梯的公園距離皮皮被丟下的車站經過換車總共五站。溜滑梯就矗立在公園的正中央。我打開書包，抱起皮皮，她興奮不已地叫道：

『對！就是這裡！我和小花離家出走時就是來這個公園！哇，好懷念啊！小花曾經坐在那邊的長椅子上讀我呢！她讀到一半，覺得渴了，就在自動販賣機買了有很多泡泡的檸檬汽水來喝，之後很可愛地打了一個嗝，她還不好意思地東張西望，怕旁邊有人聽到。』

「妳知道從這裡要怎麼去小花的家嗎？」

『我試試看！』

「好，那就請妳帶路吧。」

『唔……先從那條路往左轉……到了便利商店再轉彎，然後一直直走……』

皮皮回憶著小花那一天抱著她來公園的路程，為我指出路徑。

走到一半，她疑惑地說：

『要往哪邊呢？唔……應該是這邊吧』。

之後又發現：

『呃，好像錯了。對不起，結，回到剛才的地方吧。』

迷路了一陣子之後……

『對了！是這條路！有漂亮的橘色花朵從圍牆後面垂下來。那戶人家養的小狗會從門縫把頭探出來汪汪叫，小花還會摸摸牠。還有，我也記得那棵櫻花樹！到了春天那棵樹就會開滿粉紅色的花，小花在天氣好的時候喜歡在樹下賞櫻，她會站在那裡看很久。那一戶人家種了繡球花，小花很怕蝸牛，每次看到都會嚇得跳起來。』

皮皮的語氣越來越開心，說得越來越快，我知道這是因為她越接近小花家就越興奮。

我也緊張地找尋著「樋口」的門牌。當我抱著皮皮走在大清早的住宅區時……

『就在那棟公寓的後面！小花家就在那裡！』

她發出了至今最開心的聲音。

太好了！終於找到小花家了。

我快步繞到公寓後方，看到的卻是豎著「工程預定地」告示的空地。

咦？

為什麼……？

我茫然若失地望著那塊空蕩蕩的空地好一陣子。

皮皮一定比我更受打擊吧。

因為她和最喜歡的小花一起生活過的房子整個都不見了。

「真的是這裡嗎？說不定是下一條路……」

我懷著一絲希望如此問道。

『不……就是這裡。』

聽到她落寞的聲音，我的心情更加沉重。

小花家為什麼不見了？

此時，鄰居家正好有個老奶奶牽著狗走出來。

「不好意思，這裡是樋口花的家吧？妳知道些什麼嗎？」

我說自己是樋口花以前的同學，我來這裡找樋口，卻發現她家不見了。老奶奶說：

「哎呀，你說小花啊？哎呀呀，原來小花有男友了。」

老奶奶興致盎然地盯著我看，大概是在幻想我是小花的男友，跟她吵架分手之後還是忘不了她，所以跑來她家找她，卻愕然地發現她家不見了的故事。

「小花的爸爸媽媽離婚了，我記得她是跟著媽媽。」

老奶奶說出了更令我震驚的事實。

小花的父母竟然離婚了！

所以才會把房子賣掉？

皮皮在我的懷中僵住了，連聲音都發不出來。

「妳知道要怎麼聯絡她嗎？」

「對不起，他們很快就搬走了，我連問都來不及問。幫不上忙真是不好意思。」

老奶奶一臉抱歉地說。

「……沒關係。謝謝妳。」

我向老奶奶鞠了個躬。我和皮皮離開了曾經是小花家的地方。

回車站的途中，皮皮一直沉默不語。

「我們還有其他線索，就是小花的國中制服。從附近一帶的學校找起，應該很容易就能找到了，如果去跟房仲業者打聽，說不定還能問出小花的聯絡方式。我會去拜託悠人學長看看。有這麼多線索，一定能找到小花的。」

『是啊，你說得沒錯。謝謝你鼓勵我。』

皮皮的語氣開朗了一些，像是努力幫自己打氣，但她後來一直都沒再開口。

◇　◇　◇

我在快要遲到時及時趕到學校，上完第一堂課就立刻跑去三年級的教室。

我事先傳訊息通知過悠人學長，所以他已經站在走廊上等我了。

路過的女生全都開心地望向悠人學長，因為他又高又帥，既是理事長的兒子又是校園王子，光是能看到他就足以令她們心花怒放。

我們換了一個人比較少的地方，我向他報告了武川老師的事，以及小花的事。

如同我在訊息裡所說，武川老師確實會對女學生性騷擾。

小花的父母離婚了，房子也賣了，現在只剩一片空地，而小花跟了媽媽。

「我知道了，我會接著調查小花的下落。武川老師的事多虧有你幫忙，我打算盡量低調處理，免得受害的女生被人指指點點。」

悠人學長只是個高中生，卻得為了學校的事煩惱，真是辛苦……不對，或許是因為他的個性沒辦法對這種事坐視不理吧……

「聽說受害者都是個性保守、性格認真的女孩，請學長多加注意。小花的事也麻煩你了。」

悠人學長拍著胸脯說「交給我吧」。

他這句話讓我安心不少。

希望皮皮也能恢復精神……她看到整個房子都不見了，一定受到了很大的打擊……

此外，我還發現皮皮變得很脆弱。

她封面和內頁的狀態比她的聲音更嚴重。之前她的書脊還飄落了粉狀的物體，讓我看得心驚膽跳，很擔心書頁會散開。

是不是幫她補強一下比較好呢……我在走廊上邊走邊想，差點在轉角撞到人。

「哇！」

「呃！」

我們兩人都緊急煞車，臉幾乎貼在一起。

那位女學生穿著學校規定的T恤和短褲，凶悍地瞪著我。

她雖然是個苗條的美女，但個性似乎很強勢。

T恤上面寫著「一年六班　妻科早苗」。

和我一樣是高一生。

但我被她一瞪就不由得低聲下氣地道歉。

「對不起。」

「你小心一點。」

妻科同學沒有道歉，反而抬高線條優雅的鼻子哼了一聲，出言教訓我後就急匆匆地走了。

哇塞，態度真惡劣。

既然我道歉了，她也應該道歉才對，結果她卻哼了我！哼！

無論再怎麼漂亮，我都無法接受這種類型的女生。

雖然我這麼想，但我的女友也是個殺人如麻、還會站在高樓天真地笑著觀賞的人，所以我說這話實在沒說服力。

此時，有個體型壯碩的中年男人朝妻科同學走近。

那個不是武川老師嗎？資料室的書本說他是色情狂、亂摸大魔王，而且是接近灰色的黑色。

武川老師對妻科同學說話了。

可惡，從這裡聽不到。我想要假裝若無其事地從他們身旁經過，但是才剛起步，妻科同學就跟武川老師走了。

妻科同學有危險了！武川老師最喜歡個性保守、身材纖細的女孩，她完全符合條件。可是回想她剛才瞪著我的模樣，如果被人吃豆腐，她鐵定會反抗的。再說她可能只是剛好和武川老師走同一個方向……可是那個方向是通往……

「呃！」

我忍不住發出驚呼，因為他們兩人走進的房間，就是我昨天為了主持書本的討論會而搞得焦頭爛額的社會科資料室。

那個房間很不妙！

非常不妙！

我急忙衝到門前。

我該直接推門進去假裝要找資料嗎？還是要在門外偷窺？可是，如果書本說的那些事發生在妻科同學的身上……

——他一開始會裝成熱心的老師和女學生說話，之後就若無其事地拍她肩膀、摸她手臂，接著是摸她背後，摟她的腰，那個女學生一直低著頭，看不出有什麼反應，他觀望著她那模樣，一副很享受的樣子。

——唔，真是個色情狂。

我還是進去吧！就算再被瞪一次我也認了！

「打擾了！」

我打開門的那瞬間……

「你這個色狼老師！」

「嗚哇啊啊啊！」

我聽見妻科同學的怒吼和武川老師的慘叫，還看見了妻科同學揮拳痛揍武川老師的一幕。

她轉動纖細的身軀，一記右直拳結實地打在武川老師臉上，老師壯碩的身體往後飛開。

他撞上擺滿資料的書架，書本被震得紛紛落下，砸在武川老師的頭上和肩上。

『天譴！』

『色情狂老師，覺悟吧！』

『制裁猥褻大魔王！』

落下的書本們慷慨激昂地叫道，武川老師被書本砸得一再發出「嗚喔！」、「嗚哇！」的哀號。

至於我則是呆呆地站在門邊看著這一幕。被書角打到真的很痛耶。

「剛才那是什麼聲音啊？」

「喂，發生什麼事了？」

我身後來了一些人。

等到書本不再落下、好不容易才站起來的武川老師可憐地扭曲著臉孔說：

「好痛……妻科，妳做什麼啊，竟然對老師施暴？」

看來武川老師是打算裝傻了。

我後面的學生們看到鼻青臉腫、腳步蹣跚的武川老師，又看看擺好戰鬥姿勢瞪著老師的妻科同學……

「那個女生打人了？」

「校園暴力事件？明明是個女生，竟然這麼凶狠。」

他們你一言我一語地說道。

妻科同學挑起眉毛，露出更憤怒的表情。

「還不是因為你毛手毛腳！你這個性騷擾老師！」

她吼道。

『就是說啊！』

『他摸了這女孩的手臂。』

『還拍了她的肩膀。』

『還摸了她的背。』

『腰……還沒摸到那裡。』

書本紛紛幫腔，但只有我聽得到。

武川老師露出更困惑的表情。

「我只不過是不小心碰到妳的手，妳卻突然抓狂。」

他依然堅持扮演受害者的角色，聚集過來的學生似乎也相信了他的話。

「開什麼玩笑！你明明摸了我的肩膀手臂還有背後！」

雖然妻科同學氣憤地解釋……

「不小心碰到肩膀和手臂也是常有的事啊。」

「拍拍背後沒什麼吧。」

「妳是不是太敏感了啊？」

結果只造成了反效果。

妻科同學表情僵硬，可能是看見了大家的反應，覺得很不甘心吧。

再這樣下去，妻科同學就會被當成向老師動粗的暴力分子了。我忍不住開口說道：

「武川老師不是不小心碰到，也不是無心的，而是刻意摸的。我是親眼看到的，我可以作證。」

武川老師睜大眼睛，妻科同學也挑起眉毛看著我，兩人都露出「你是誰啊」的表情。

「老師一開始先說『無論妳有什麼事，我都會聽妳說的』，一邊拍她的肩膀，然後說『我一定會幫妳的』，一邊摸她的手臂。」

其實這不是我親眼看到的，我只是轉述書本的發言，但老師聽到我描述得分毫不差，忍不住訝異地脫口說道：

「什麼！你是什麼時候進來的……」

「你的所作所為全都被看到了。」

不是被我，而是被書本。

「一開始摸的兩個地方還有辦法辯解，但是摸到背後就太過分了……之後老師還想要摟妻科同學的腰，所以她才對老師揮出右直拳。」

武川老師全身顫抖，什麼都說不出來。凝視著我的妻科同學臉上的疑惑漸漸變成了驚訝。

我背後的那群學生也都改口了。

「是武川老師對學生性騷擾，有人看到了，絕對不會錯的。」

「討厭，真下流。」

唉，悠人學長本來還想低調處理的，這下子事情要鬧大了……

◇　◇　◇

如我所料，武川老師性騷擾的事在校內鬧得沸沸揚揚。

我聽到別人說「還有很多女生受害」、「是有個高一男生碰巧看到才被揭發的」，但最受矚目的還是揍飛了武川老師的妻科同學。

「聽說她朝老師的臉揮了一記右直拳。太帥了～」

「長得漂亮，身材又好，個性還這麼強悍，真是令人崇拜。」

有些女生是這麼說的。

「她確實很漂亮，但有點嚇人耶。」

「她長得那麼凶，武川還敢對她下手？怎麼看都是地雷嘛。」

「聽說是妻科主動約武川的，因為她的朋友被吃豆腐，所以她故意自己去當誘餌，把武川的事揭發出來。」

「我了解她的心情，但她太剽悍了，真可怕。我才不想交這種女友。」

但男生卻這麼說。

我和妻科同學在走廊上擦身而過時，她似乎沒注意到我，抿緊嘴巴，彷彿很刻意地挺直了腰桿，表情僵硬地往前走。

她全身緊繃，簡直像是做了什麼犯法的事而受到周圍人們的閒言閒語，我在旁邊看了都覺得難受。

這天午休時間，我在音樂廳的來賓室和悠人學長說話。

聽說武川老師被正式解雇了。

「因為妻科同學成了焦點，其他受害者幾乎都沒被提起，對她們來說確實值得慶幸，但妻科同學要被大家說長道短，太可憐了。」

悠人學長皺起了眉頭。

「難道學長沒有辦法嗎？」

「我是很同情她，但現在只能等時間淡化一切。除非發生了其他比武川老師這件事更嚴重的大事，不過那樣也很令人頭痛。」

「的確……」

萬能的王子還是有很多事做不到，至於我這個樸素的庶民眼鏡男就更沒辦法了。我甚至懷疑妻科同學根本連我的臉都不記得……

「總之，武川老師這件事很敏感，最好不要輕舉妄動。小花的事我正在調查，最慢明天就會查出一些結果。」

「真是幫了我一個大忙。」

「看你一臉無精打采的樣子。你還在擔心妻科同學嗎？」

「那也是理由之一。但皮皮……啊，就是小花的書，她最近的情況似乎不太好。」

皮皮不知道自己在車站的借閱處待了多久，說不定比我想像的更久。

我第一次見到她時，她的語氣那樣急迫，會不會是有什麼理由必須盡快見到小花……

如果真是這樣，再不快一點的話皮皮就……

悠人學長一臉認真地聽著我說話。

「如果查到了什麼，我會立刻聯絡你的。」

他如此說道。

回家後，我回到二樓的房間，把皮皮從書包裡拿出來。

「今天辛苦了，好好地休息吧。」

我把她輕輕放在桌上。

『……謝謝。對了……或許是因為我太激動了，所以才會覺得累。只是有點累啦，沒事的。』

她喃喃說道。

早上出門時，她還那樣興奮地說著「或許很快能見到小花了」，現在的語氣卻非常消沉。

「悠人學長說，明天應該就會有些進展了。」

『……嗯。』

她好像連回應的力氣都沒有，可能是看到小花家變成空地的打擊讓她變得更虛弱了。

「那我走開一下喔。」

『……嗯。結，今天很感謝你。』

皮皮現在一定很傷心，但還是禮貌地向我道謝，看到她這樣，我的心頭都揪緊了。真希望快點讓她見到小花。

盡可能地快一點……

就算小花搬到很遠的地方，我也要把皮皮帶過去。無論是沖繩或北海道。

「啊，可是……如果搬到國外就糟了，我又沒有護照。」

算了，現在又不能確定小花一定是搬到國外。到時再說吧。

我握緊拳頭，振作起精神，走到一樓的客廳。

『……』

夜長姬散發出來的氣息比昨晚更加陰沉，讓我不禁感到畏縮。哎呀，她生氣了，非常地生氣。

在書櫃上的陶偶旁邊，淡藍色的薄書靜靜地散發著怒氣。如果現在伸手去摸，可能真的會被詛咒。

「呃……我回來了。」

我誠惶誠恐地試探她的心情，結果當然很不好。

『……』

「那個，妳覺得無聊嗎？」

『……』

「對不起，我想妳一定不想和皮皮一起待在書包裡。」

『……』

「而且皮皮現在很虛弱，我不想讓她更擔心。皮皮還向我道歉，說都是因為她才害我和女友鬧得這麼僵。」

『……你跟她說我是你的女友？』

她終於開口了。

雖然她的語氣依然不悅，心情大概還沒好轉。

「嗯，因為夜長姬是我的女友啊。」

我把臉貼近書櫃，對她微笑。

夜長姬繼續保持沉默，但過了一會兒，她喃喃說著：

『……劈腿……』

哎呀，她還在懷疑我嗎？

『如果你劈腿了，我絕對不會原諒你喔。』

那稚氣未脫的聲音像是在拗脾氣。

我不禁想像著，一位秀髮如墨輕柔披垂肩膀、穿著藍色和服的小公主把白皙的臉孔轉向一旁，噘起鮮紅的嘴脣。

受不了，我的女友太可愛了。

「不會啦，我絕對不會劈腿的，我命中註定的書只有夜長姬而已。」

「……」

「我最愛妳了。」

我輕輕撫摸色調散發出高貴格調的封面，夜長姬彷彿微微地顫動了。

「我今天要花時間好好地讀妳，一行一行地細細品味。」

我正想把她抱起……

『不行，別碰我。』

她卻拒絕了。

「咦？為什麼？」

她不是不懷疑我了嗎？

『噗！』

啊，她剛才說了「噗」！太可愛了！

但她接下來說的話卻像冰柱一樣寒冷。

『還沒徹底跟她分開之前，你都不可以碰我，不可以翻我，不可以讀我。』

「咦！怎麼這樣……」

我試著解釋「別這樣啦，皮皮已經有小花這個命中註定的對象了」，但是……

『噗！』

她還是這個反應。哎呀！真是太可愛了！受不了！

好想翻她！好想徹徹底底地把她翻個遍！好想讀她一整晚！

可是女友卻不肯點頭，令我失望地垮下肩膀。

吃晚餐的時候，我把夜長姬放在腿上，還被媽媽教訓「吃飯的時候就別看書了」。夜長姬在我的腿上說著「你就當我的椅子吧，結。但你現在不是我的男友，而是奴隸，所以不可以翻我」。

之後我回到房間，皮皮正在發呆，連我走進來都沒發現。

皮皮的沉默和夜長姬的陰沉不一樣，我感覺她好像就要漸漸地變得透明，消失不見。

「皮皮。」

我擔心地叫道。

『啊，結，你回來了。』

她回答了。

但聲音非常細微。

我之前對皮皮的印象都是像小學生一樣活潑的女孩，但現在的皮皮卻好像一個矮小慈祥的老婆婆。

『結，你的表情很悲傷呢。和女友吵架了嗎？』

「……沒事的，夜長姬本來就常常鬧脾氣。」

『可是……你看起來好難過。』

哎呀，可惡，我本來想笑的，卻擠不出笑容。

『對不起，結。』

看吧，害人家道歉了。我真是大笨蛋。

「妳不用擔心啦，我和夜長姬的感情很好，就像妳和小花一樣。」

我還是勉強試著微笑。

但我也不知道是不是真的露出笑容了。

皮皮輕聲說道：

『那就好。』

後來她還是一直發呆。

◇　◇　◇

隔天我讓皮皮在家休息，把夜長姬放在書包裡帶去學校。

『只要她還沒離開我們家，就算是在外面，你也不能讀我。』

夜長姬還是沒有放寬禁令，但她或許是因為昨天獨自留在客廳裡太過寂寞，態度稍微緩和了一些。就算她嘴上不說，我還是感覺得到她興奮的心情。

看到她心情好轉我也很高興，不過我還是忍不住擔心皮皮。希望今天悠人學長會有好消息。

我從電車的窗子看著外面的景色，一邊思考著，就快到達我和皮皮相遇的那一站了……

咦？

車站的長椅上坐著一個很眼熟的女孩。

身材苗條，表情很凶……是妻科同學。

她是從這一站上車嗎？

可是電車停下來，車門打開，妻科同學依然一臉恍惚地坐在長椅上，一動也不動。

她是不是身體不舒服，正在休息？

出發的鈴聲響起。

搭下一班電車說不定會遲到。

車門關閉，電車開走之後，我站在不該下車的月臺上，朝著長椅走去。

因為妻科同學看起來很沒精神，我沒辦法丟下她不管。

「妻科同學。」

我這麼一叫，妻科同學就睜大眼睛，挑起眉毛。

「怎麼我走到哪都會看到你？難道你在跟蹤我嗎？」

她說話很不客氣，讓我有點後悔為了她下車。

書包裡的夜長姬說道：

『有女人的聲音。你又劈腿了。』

她又生氣了。

「我是碰巧看到妳的，因為妳看起來好像不太舒服，所以我才下車來關心一下。看來妳好像沒事。」

我在說話時，下一班電車來了，車門開啟。

「快走吧，不然就要遲到了。」

「那妳呢？不上車嗎？」

「跟你無關。」

「不好意思，我的臉皮還沒厚到能在這種情況下一個人去學校。」

聽我這麼說，妻科同學不高興地轉開了臉。

「什麼嘛……原來你不是跟蹤狂，而是好管閒事的人。」

她喃喃說道。

車門關閉，電車開走了。

唉，鐵定要遲到了。

「難道妳不想去學校嗎？妳因為昨天的事被人說閒話了？」

「……說了一大堆。你明明知道。」

「呃……是沒錯啦。」

妻科同學明明是受害者，卻要被人說三道四，像是「身為女生竟然這麼凶狠」或「真不想交這種女友」之類的。

就算她再怎麼強悍還是會難過吧……我不禁感到同情。

「……別人提到你只說『那個戴眼鏡的高一男生』，完全沒提到你的名字。你當時明明跟武川說了那麼多話。」

「不好意思，我只是個樸素的眼鏡男。我是沒有要妳感謝我啦，不過我當時如果沒有站出來作證，武川就會繼續裝傻，妳也會被當成隨便對老師動粗的暴力分子耶。」

我鼓著臉頰，心想稍微表現一些感謝之意又不會死。結果……

「……是啊。謝謝你。」

哇！她竟然道謝了！

我突然覺得很不好意思。

「呃，我說那些話好像是在逼妳道謝，對不起。」

結果我反而還要道歉。

「沒關係，你確實幫了我。」

「沒什麼啦……」

「不過你連武川對我說的話都一字不漏地聽見了，原來你偷看了那麼久，感覺有點噁心耶。」

噁心？

我很想解釋那不是我看到的，而是書本看到的，但我這麼說好像會更令她反感，所以我說不出口。

「我只是太過慌張，一時之間反應不過來……沒有早點阻止真是不好意思。」

總之先這樣解釋吧。

「無所謂，我一個人也能對付那個色情狂老師。」

「嗯，妳的右直拳確實很強。」

我不小心說出真心話，結果她又凶惡地瞪著我。

「反正你一定也覺得我凶到很嚇人，一點都不可愛，死都不想交這種女友吧。」

「我、我沒這樣想啦……」

不，對不起，我確實是這樣想的。不過那是在妻科同學揍了武川老師之前，就在我差點撞上她而被她瞪的時候。

喔，對了，妻科同學當時一定是因為準備當誘餌去揭發武川老師的惡行，才會那麼緊張吧。

或許是因為心理壓力太大，她才會對我擺出那種態度。

此時的她非常消沉，看起來好脆弱。

「那個，妳的右直拳真的很帥氣。被武川性騷擾又不敢說的女生們或許也會覺得很痛快，很想向妳道謝……不，一定會的。」

「……」

妻科同學表情突然扭曲，好像快要哭出來似的。她緊抿著唇，努力忍住。

她低著頭，小聲地說：

「我……小時候很膽小……所以我很想變強……」

妻科同學應該是在向我訴苦吧。

「嗯，妳現在已經變得很強、很帥氣了。」

「而你是個樸素的眼鏡男。」

「喂，妳竟然這樣說！有必要在這種時候吐槽我嗎！」

「名字……」

「啊？」

「我去問過你的名字和班級，可是聽到的都是『咦？他叫什麼啊？』，大家對你的印象都是個樸素的眼鏡男。」

她想知道我的名字？或許是打算向我道謝吧。

「我叫榎木結，和妳一樣是高一，我是一班的。」

「……這樣啊。原來你有名字啊。」

「當然有啊！我總不可能真的叫樸素眼鏡男吧？」

可能是因為我在月臺上大聲嚷嚷，站務員走了過來。

「你們是哪間學校的？」

他問道。

「啊，她身體不舒服，正在休息，現在已經好多了，我們要去學校了。」

說完之後，電車剛好開進來。

「好了，我們走吧。」

我牽起妻科同學的手。

「性騷擾……」

妻科同學在車上瞪著我看，我急忙把手放開。

「哇！對不起，我一不小心就……」

我很擔心，如果她又揮出一記右直拳該怎麼辦？

「……應該不是吧。」

聽她這樣喃喃自語，令我鬆了口氣。她的臉有點紅，看起來挺可愛的。

但是我書包裡的夜長姬怨恨地說著：

『性騷擾？結？你劈腿了嗎？不可原諒，我絕不原諒你。給我去做苦役。』

讓我頓時感到毛骨悚然。

「你怎麼臉色發青？你還是很怕我嗎？」

「沒有，我只是容易暈車。」

在我找藉口的時候，電車到達了離學校最近的車站。

校門當然已經關上了。

我們得去跟警衛拿遲到單，再去教職員室交給級任導師。

「榎木，你等一下再去。」

「為什麼？」

「我不想讓大家知道我們一起遲到了。那個……感覺好像我們之間有什麼似的。這樣不行，絕對不行。」

「我們又沒有怎樣，有什麼關係？」

「就是有關係啦！」

我們在門前爭執的時候……

「啊！小花！」

幾個穿著體育服的女生向我們跑過來。

「小花，我們傳 Line 給妳妳都沒讀，我們很擔心耶。還好妳沒事。」

她們應該是妻科同學班上的朋友吧……咦？小花？她們剛才說了小花？

妻科同學的名字不是妻科早苗嗎？

難道早苗不是讀作「Sanae」？

皮皮說過，小花是個愛哭的女孩，又很容易消沉，很令人擔心。

妻科同學怎麼可能愛哭？

啊，可是她剛剛說過她小時候很膽小。

此外，妻科同學先前坐著的地方就是皮皮被丟下的車站……

唔，唔……

「對了，小花，妳為什麼跟眼鏡男一起來啊？」

「……！」

「小花，妳對眼鏡男很感興趣吧？妳還問過他的名字。難道說……」

「我、我們只是碰巧搭同一班電車啦。」

妻科同學正忙著向同學解釋，我卻不顧旁人的目光問道：

「妳小時候是不是都綁辮子？國中時的制服是灰色西裝外套、百褶裙和紅色蝴蝶結？」

「咦……啊？」

妻科同學和其他女生都呆住了。

「妳家附近的公園有一座長頸龍溜滑梯，妳曾經在離家出走時帶著林格倫的《長襪皮皮》去那裡？」

「！」

妻科同學的表情變得更驚訝了。

她睜大眼睛望著我，僵硬地張開嘴巴。

「為什麼……你會知道這些事……」

聽到她愕然的低語，我心胸顫動，腦袋像是被一支利箭穿過，我完全確定了。

皮皮的小花就是妻科同學！

「妻科同學，妳是不是在剛才的車站掉過東西？那東西現在在我這裡！那是妳重要的書吧！」

我終於找到小花了！

沒想到她就在我身邊。

姓氏不同必定是因為父母離婚，而她的名字可能是因為「早」讀作「hayai」，「苗」讀作「na」，加在一起就變成了「hana」（花）。

小花和皮皮分開時是國中一年級，現在她已經是高一生了。

這下子總算能讓皮皮和小花見面了。

啊啊，早知道就不該把皮皮留在家裡。我得立刻回家把皮皮帶過來。

然而，妻科同學原先困惑的表情突然變得冷峻，她語氣冰冷地說：

「不知道。」

「啊？」

「我沒有掉東西，我也不知道那本書。我才不要。」

◇　◇　◇

我還以為終於能讓皮皮見到小花了……

午休時間。

我垂頭喪氣地坐在音樂廳來賓室的沙發上，聽著悠人學長回報關於小花的調查結果。

「小花的名字是樋口早苗，國一的時候父母離婚，她因為跟著母親而改成了母親的姓氏。皮皮被丟下的那個車站附近，就是她離婚的父親和新家庭住的公寓。」

皮皮說，那天小花從早上就是一副無精打采的模樣，令她非常擔心。

小花把手工餅乾和視為朋友的重要書本一起放進紙袋，在平時不會去的車站下了車，坐在長椅上不停掉淚。她那天一定是打算去找爸爸吧。

但是下了電車以後，她卻開始猶豫。

如果她去了爸爸和新的家人一起生活的地方，會打擾到他嗎？

這樣只會給爸爸添麻煩吧？

所以她一直坐在長椅上。

後來她沒有走出票閘，直接搭電車回家了。

而裝著餅乾和皮皮的紙袋還留在長椅上……

「或許她不是忘了紙袋，而是故意丟在那裡的。因為書是爸爸買給她的，她很有可能不想留著會讓她想起爸爸的東西。」

悠人學長的話讓我的心猶如落入了冰窖。

不是忘了，而是故意丟掉？

那皮皮要怎麼辦？

她是那麼地喜歡小花，一直渴望著見到小花……

我一直在思考該怎麼跟皮皮說，但是直到放學回家都還想不出來。

把夜長姬放在客廳之後，我爬上樓梯，回到二樓的房間。

老是質問我有沒有劈腿的夜長姬大概也知道我的心情非常消沉，什麼話都沒說。

「……我回來了，皮皮。」

『歡迎回家，結。』

皮皮好像還很虛弱，聲音有氣無力。

「妳獨自待在房間會很無聊嗎？」

『不會，因為我一直在想小花……她小學六年級的時候去京都校外教學，因為她很膽小，真的相信京都的旅館會鬧鬼，直到前一晚都一直抱著我發抖。後來她把我裝進背包……結果並沒有看到鬼。和小花一起旅行……真的好開心……小花原本很害怕，但後來她一直在笑……』

皮皮像是在作夢似的，說得很慢很慢……接著就停了下來。

『……結，怎麼了？你為什麼一直擦眼睛。』

「好、好像有灰塵跑進去了。」

我明明答應過今天會給她好消息。

我明明保證過今天一定會查到小花的下落。

皮皮什麼都沒有問。

她一定從我的態度察覺到真相了，但她卻沒有責怪我，也沒有悲嘆，只是靜靜地等待。

為什麼她會這麼體貼呢？

她被擺在車站旁三年，過得那麼寂寞，卻還如此為別人著想。

皮皮剩下的時間可能不多了。

「對不起……皮皮。我什麼忙都幫不上，對不起……」

我把頭靠在桌上，發出叩的一聲。

對不起！

真是對不起！

『請別道歉……結聽到了我的聲音，走過來和我說話……我從來都沒有遇過這種人……所以我很高興，心中湧起了希望……你是一個很好的人，又非常體貼……』

可是我卻無法實現皮皮的心願。

我沒辦法讓她和小花見面。

她明明是那麼地思念著小花。

『結……我有事要拜託你。你可以讀我嗎？這樣或許會惹你女友不高興……但我還是希望你能讀我一次，拜託你。』

她簡直像是在交代最後的心願。

再也見不到小花了。

我知道，皮皮一定是這麼想的。我的視線模糊了，不管我怎麼眨眼，怎麼擦拭，眼前依然模糊。

「嗯，好。」

我坐在旋轉椅上，翻開有著穿長襪的辮子女孩的封面，開始朗讀。

『在瑞典的一個小小村莊的郊外，有一座雜草叢生的古老莊園。莊園裡有一棟老房子，裡面住著一個名叫皮皮·長襪的女孩。』

『這個女孩只有九歲，卻一個人住在這裡。』

印在嚴重泛黃、乾巴巴的書頁上的溫柔字句輕輕地鑽進了我隱隱作痛的心。

這是皮皮的故事。

一次次地讓愛哭又膽小的小花展露笑容、最喜歡小花的皮皮的故事……

『她沒有媽媽，也沒有爸爸，不過有時這反而是一件好事。』

『譬如說，皮皮沉溺於玩耍的時候不會有人叫她**快點去睡覺**。』

穿著長襪的開朗女孩帶著小猴子尼爾森先生和滿滿一箱金幣，搬進「亂糟糟別墅」。她總是在找尋愉快的事，總是精神飽滿地說話，天不怕地不怕，是世上最強的女孩。

她在地板上擀平像小山一樣大的麵糰，做出心形的薑餅；她帶著茶壺和茶杯爬上槲樹舉行茶會；她跳上馬戲團的舞臺參加表演，完美地走過鋼索，制伏了發狂的公牛。

——小花非常愛哭，可是她只要讀了我就會恢復精神，露出笑容。

——小花最喜歡我了，我也最喜歡小花了。

——我很擔心小花，那一天她從早上就很沒精神，一副鬱鬱寡歡的樣子。

——我想讓小花打起精神，想讓小花露出笑容。

——我好想見到小花。

走出車站票閘時，我聽到了那個如活潑女孩一般急促而可愛的聲音。

——拜託你，把我帶回小花的身邊。

車站裡沒有一個人停下腳步，她還是不停地說著同一句話。

用那令人心酸的焦急口吻。

——我想要見小花，拜託。

她和薑餅一起被丟在車站月臺上已經是三年前的事了。

——小花現在是不是在哭？她過得好嗎？

——或許很快就能看到小花了！好開心！

乾巴巴的泛黃書頁散發著甜香味，書脊和書頁相連的部分灑落了白色的粉末。

我不停地擦著眼睛，讀著模糊的文字……

『謝謝你，結。』

『我已經撐不下去了……』

皮皮對著聲音哽在喉嚨的我有氣無力地道謝。

我死命擠出聲音。

「不可以！」

我把畫著辮子女孩的封面舉到眼前，紅著眼說：

「妳真正希望的不是讓我來讀，而是讓小花來讀吧？我一定會把小花帶來的！妳再多等一下吧！」

◇　◇　◇

隔天，我把皮皮放進書包，很早就到了學校。

我先去自己的班級，把皮皮放在課桌裡，之後跑到妻科同學的班級，在走廊上等她。

「咦？眼鏡男？你是來找小花的嗎？難道你喜歡上小花了？」

昨天在校門旁見到的妻科同學的朋友們調侃著我，但她們可能注意到我的表情既嚴肅又堅決，就說：

「那個，小花雖然有點凶，但她很照顧朋友，是一個很好的人。她絕對不會隨便對人動粗的，她還一直為了沒有向你道謝的事而耿耿於懷。」

此時肩上掛著書包的妻科同學神情緊張地走過來。

我全身繃緊，表情肅穆地盯著妻科同學。她一發現我在這裡，立刻板起臉來。

妻科同學想要視若無睹地走過去，卻被我一把拉住，她吃驚地轉過頭來，然後瞪著我說：

「幹麼？我已經說過我不知道什麼書了。放開我。」

「辦不到。」

我更用力地握緊她的手腕。

「皮皮就快要沒時間了。她被丟在車站之後變成了車站的借閱書本，被很多人讀過，變得破破爛爛的，封面和內頁都褪色了，書脊的膠也開始脫落了，但她還是一直牽掛著『小花』，一直想要見到小花，她說小花很愛哭，她必須讓小花展露笑容。所以在她最後的時間，她一定希望能再讓小花讀一次！」

皮皮不知道自從離開小花之後已經過了多少歲月。

但她感覺得出自己的狀況一日不如一日，所以才會那麼焦急地呼救。

她心心念念的只有再見小花一次。

「你又在幻想了嗎？書又不會說話。是說你以為你是誰啊？」

妻科同學想甩開我的手，但我直勾勾地注視著她，回答道：

「我……是書本的朋友！」

正是如此。別人都聽不到書的聲音，只有我聽得到。那樣由衷懇求的聲音我怎能裝作沒聽到！我好想竭盡所能地幫助她！

妻科同學似乎被我的魄力震懾住了，她睜大眼睛，但又立刻皺起臉來。

「你很噁心耶。快放開我，不然……」

「不然妳就要揍我嗎？妳想揍就揍吧，妳覺得我噁心也無所謂，但我真的聽得到皮皮的聲音，所以我一直在找尋小花，想讓她跟小花見面。皮皮還很開心地告訴過我，小花在國中考試和畢業旅行的時候都帶她一起去，小花最喜歡的就是她了！」

妻科同學纖細的肩膀一次次地顫抖著，她一定想不通我怎麼會知道這些事吧。我也知道她不可能輕易地相信我，但我無論如何都要讓她知道皮皮對小花的思念之情，皮皮是多麼地想要見到小花。

她無法按捺地想要見到小花，為此不斷地向經過的人們發出不可能被聽見的懇求。

沒錯，那一天，皮皮的聲音清晰地鑽進我的耳中！

我清清楚楚地聽到了她的心願。

所以我要當皮皮的朋友，我要把她的心情傳達給妻科同學。

「妻科同學，妳說妳沒有掉東西，妳也不知道那本書，那妳昨天為什麼會在那個車站下車！為什麼會一臉難過地坐在長椅上！」

「！」

妻科同學緊抿著嘴，像是在壓抑胸中強烈的情緒，不讓它爆發出來。

「那一站就是妳在三年前……在國中一年級的時候把皮皮和薑餅一起丟下的車站！妳自己也知道這件事！所以妳才會在那個車站下車，不是嗎！皮皮說過，小花在傷心的時候、難過的時候，只要讀了她，心情就會變好。昨天妳因為武川老師的事被人說了很多閒話，妳因此想到了皮皮，才會跑去那個地方想著皮皮，對吧！失去了皮皮，妳一定也很後悔吧！」

「才不是！」

妻科同學用力甩開了我的手。

她瞪著我，眼神中混雜了各種情緒，好像快要哭了，又好像在生氣；彷彿感到心虛，又彷彿是厭惡。她嘴脣顫抖地說：

「那本書不是我遺失的，而是丟掉的！」

銳利的話語刺進了我的心。

我不禁痛得按住自己的胸口。

「為什麼要這樣做？妳明明很喜歡皮皮……」

「因、為、我、已、經、不、喜、歡、了。」

妻科同學的聲音低沉而沙啞。

「明明是個小孩卻不去學校，一個人胡鬧地過日子。擁有一大箱金幣，還強壯得足以對付小偷，既違反常理又沒有規矩。弄髒房間或打破餐具或是被大人教訓她都不在乎，活得我行我素——這種故事在小時候可能還會喜歡，但長大以後就會覺得虛假、覺得討厭。那孩子的所作所為讓人看了就火大，我一頁都不想再看，所以才會丟掉。」

不是遺失，而是丟掉。

這句話太悲哀，太沉重了。

我絕對不能讓深深思念著小花的皮皮聽到這句話！否則她一定會傷心得碎成一片片的！

「如果那本書在你手上，那你就處理掉吧。還有，以後別再跟我說話了。」

妻科同學的語氣痛苦得像是瀕臨崩潰，說完就走進教室了。

走廊上不知何時來了一大堆人，所有人都注視著我，但我受了太大的震撼，根本無暇顧及旁人。

◇　◇　◇

「大家都在討論，在妻科同學揍飛武川老師時作證說她被老師性騷擾的眼鏡男熱烈地追求她，結果被她甩掉了。你現在成了名人呢，雖然大家都沒提到你的名字，只說『眼鏡男』、『那個樸素的傢伙』，或是『一年級的』。」

下課時間。

我蹺了第一堂課，躲到音樂廳的來賓室，來看我的悠人學長刻意提到這些事。

唉，反正我就是個樸素眼鏡男，直接當成綽號也無所謂。嗚嗚……

「……我實在沒臉去見皮皮。」

我曾經鼓勵過她「別放棄」、「我一定會讓妳見到小花」，現在怎麼說得出自己無能為力。

更糟糕的是，小花還是因為討厭皮皮才把她丟掉的。

如果回到教室見到皮皮，我多半會把心思表露在臉上，而皮皮那麼擅長察言觀色，一定會看出來的。我不想讓她更失望，所以拜託悠人學長讓我躲在音樂廳。我真是個膽小鬼。

「我真想在自己身上用墨汁寫上幾百個『笨蛋』、『無能』、『蠢貨』……」

我簡直想趴在地上打滾了。啊，不過來賓室裡鋪著軟綿綿的地毯，滾起來應該挺舒服的。

悠人學長對著坐在沙發上抱頭呻吟的我說：

「沒辦法……你太直接了，反而會刺激到妻科同學，引起她反感。」

「嗚……」

「但我覺得這樣也不錯。」

悠人學長輕輕地拍拍我的肩膀。

「我去妻科同學的教室看過，她被朋友包圍著，勉強自己打起精神跟大家說話。」

「嗚……」

「在我看來，只差一步了。」

只差一步？

什麼意思？

悠人學長的表情沉穩可靠，對我說：

「就當作是武川老師那件事的謝禮，我會助你最後這一步之力。」

◇　◇　◇

放學後。

妻科同學低著頭走在走廊上。她穿著T恤和運動外套，肩上掛著書包，大概是要去參加社團活動。

她選擇這條比較少人走的路，多半是因為她無論再怎麼逞強還是不想被人頻頻打量、說三道四，而且大家現在不只談論她是個對性騷擾老師揮出右直拳的母老虎，還要扯到她一大早就被高一的樸素眼鏡男告白的事，她一定覺得很厭煩吧。

「妻科同學。」

聽到有人在叫自己，妻科同學猛然抬頭，但她的表情立刻充滿了疑惑。

因為叫住妻科同學的是學校裡無人不知無人不曉的理事長兒子——在管弦樂社擔任指揮、高三的姬倉悠人。

他擁有模特兒般的高䠷身材，舉手投足都很優雅，又是個笑容可掬的帥哥，光是站著不動就散發出高貴的氣息。突然被這麼出色的人叫住，妻科同學當然驚訝，而且她再怎麼樣也不會用充滿敵意的眼神瞪著校園王子。

「什、什麼事……」

妻科同學緊張得聲音拔尖，悠人學長的口吻宛如紳士：

「妳認識高一的榎木結吧？」

「！」

妻科同學的臉頰又開始抽搐。

「他把一本書寄放在我這裡。」

妻科同學的肩膀輕輕一顫。

她聽到悠人學長提起我的名字，又說我有一本書在他那裡，想也知道一定是她看過的那本。

悠人學長把手上的文件袋遞給妻科同學。

妻科同學一定會回答「我不要」。

但她還來不及開口，悠人學長就先說：

「妳可以幫我還給結嗎？」

「咦？」

一個意想不到的人拜託自己更加意想不到的事，妻科同學一時之間不知道該怎麼回答。

「拜託妳了。」

交出文件袋之後，悠人學長就優雅地離去了。

這種不讓對方有機會拒絕的精湛手法我鐵定做不到。

「……為什麼是我啊？」

妻科同學低頭看著文件袋，困惑地喃喃自語。

校園王子託付的東西可不能隨便處置。

「……榎木還在教室嗎……」

她大概想要盡快解決，隨即轉身走向高一的教室。走到一半，她突然停了下來。

「……」

手上那份重量一定令她感到很熟悉……

她猶豫地凝視著紙袋。

『小花。』

清脆的聲音透過薄薄的文件袋傳了出來，妻科同學並沒有聽見。

可是……

『小花，小花。』

她彷彿聽到了不可能聽到的聲音，凝視著文件袋，一動也不動。褐色文件袋的袋口只是輕輕摺起，並沒有封死。她屏息著把手伸向袋口。隨著沙沙的聲音，摺起的地方被拉開了。妻科同學頓時停止動作，如同被這觸感嚇到了。

她又專注地凝視著文件袋，吐了一口氣。手指再次靠近袋口。彷彿在跟心中的某些情緒作戰，她痛苦地扭曲面孔，咬緊牙關。她回頭看了看，就像打算做什麼壞事一樣。不知所措地呆立一陣子以後……

『小花。』

她垂下眉梢，拉開一旁生物教室的門，躲了進去。

『小花，小花。』

擺滿了燒杯和標本的生物教室關著窗簾，室內一片昏暗。妻科同學猶豫地打開燈，把書包放在黑色的耐熱桌上，站著打開了文件袋的袋口，往裡面一看。

那是一本比文庫本稍大的童書。光是看到嚴重泛黃的書頁的一部分，她就知道這是陪她度過童年時光的重要書本。

妻科同學把手伸進袋中，碰到封面的那一瞬間，她和皮皮必定都在顫抖。

看到封面上那個抱著小猴子、穿著過膝長襪和前端很長的鞋子、綁著辮子的女孩，妻科同學頓時成了八字眉，眼中噙滿淚水。

『小花，我終於見到妳了。』

那興奮的聲音對著妻科同學說。

『我好開心，我一直都好想見妳。』

『我們又見面了。好開心。小花，我好開心。』

妻科同學顫抖著手指，翻開破爛褪色的封面，戰戰兢兢地讀了起來。

『在瑞典的一個小小村莊的郊外，有一座雜草叢生的古老莊園。莊園裡有一棟老房子，裡面住著一個名叫皮皮·長襪的女孩。』

她鐵定早就背起來了。這是她從小時候就讀過無數次，熟悉得不能再熟悉的故事開頭。

這些字句炙熱又溫柔地鑽進了她騷動的心中，再也無法停止。

就像一個到處找水的旅人，好不容易來到了綠洲，用雙手掬滿冰涼的水灌入喉中，潑在臉上，最後整個人跳入水中。她無法自拔地繼續翻頁。

『皮皮是個了不起的女孩，而她最了不起的地方就是很有力氣。』

『她的力氣非常大，全世界的任何一個警察都比不過她。』

某一天，這個穿著過膝長襪和大鞋子的辮子女孩，只帶著小猴子尼爾森先生和滿滿一箱金幣搬進了雜草叢生的「亂糟糟別墅」。

皮皮很快就跟鄰居兄妹湯米和安妮卡成了好朋友，她有時變成「找東西大王」，有時在樹上舉行茶會，幾個孩子還會一起去遠足，玩得不亦樂乎。

『世界上到處都有東西，必須要有人去發現才行，而負責做這件事的人就是找東西大王。』

妻科同學說她長大以後就變得很討厭皮皮。

明明是個小孩子卻不去學校，一個人胡鬧地過日子。擁有一大箱金幣，還強壯得足以對付小偷，既違反常理又沒有規矩。弄髒房間或打破餐具或是被大人教訓她都不在乎，活得我行我素——不可能有這種小孩的。

她還說，那孩子的所作所為讓人看了就火大，她一頁都不想再看。

皮皮的家裡沒有爸爸也沒有媽媽。

書上寫著，有時這反而是一件好事，因為皮皮沉溺於玩耍的時候不會有人叫她「快點去睡覺」。

妻科同學小時候一定很羨慕皮皮這一點吧。

可是當父母離婚、父親不在了以後，她沒辦法再認為「這是一件好事」，看到不用上學、一個人自由自在生活的皮皮，只讓她覺得心痛。

——這是騙人的！

——沒有爸爸媽媽怎麼可能無所謂！

——為什麼皮皮可以這麼開心、這麼自由自在？皮皮的生活中只有快樂嗎？那我怎麼會每天都過得這麼痛苦？

可是，妻科同學。

妳變得討厭皮皮的那一刻已經過了好幾年，現在的妳一定可以理解。皮皮絕不是一直都過得很開心。書中也清楚寫到了皮皮心中的孤獨和寂寞。已經長大的妳一定可以從這個歡樂故事的字裡行間讀出她的心情。

『我很沒有規矩？』

『可是我自己都沒發現呢。』

『皮皮說完之後露出了非常悲傷的表情。』

皮皮有生以來第一次上學，就在學校引起了大騷動，連老師都放棄她了，叫她不要再來學校。

皮皮某天被邀請到湯米和安妮卡家中，皮皮非常開心，用盡心思梳妝打扮，但她超乎常理的舉止惹得他們的媽媽很不高興，最後她向皮皮說「妳這麼沒規矩，以後都不要再來我們家了」。

『皮皮驚訝地看著夫人，眼眶裡漸漸盈滿淚水。

「一點也沒錯，我早該知道自己會失禮的。」皮皮說道。「我沒辦法表現得很有規矩！就算我想做也做不到，我實在學不會。看來我還是比較適合留在海上。」

『之後皮皮從賽特格倫夫人的身邊跑掉，一邊小聲地說：「對不起，我太沒規矩了。再見！」』

每次發生這種事，皮皮都會很快就拋諸腦後，迅速地恢復成平時那個開朗活潑的模樣。

書中沒有提到皮皮和大人們和解的情節，之後她也沒再去過學校，一直活得很沒有規矩。

她獨自一人堅強地活著。

皮皮確實很了不起。

但她也會感到悲哀。

也會感到孤獨。

現在的妻科同學一定看得到小時候沒注意過的這些事，一定會更喜歡皮皮的。

沒錯吧，妻科同學？

『不用擔心我！我會過得很好的！』

就像這樣，雀斑辮子女孩——全世界最強的女孩——甩開悲傷，燦爛地笑著。

這個女孩的故事一定能像兒時一樣令她興奮不已，自然而然地露出笑容吧。

——小花只要讀了我，就會停止流淚，彎起嘴角，嘻嘻笑起來。

看吧，妳已經發現了吧，妻科同學。

妳正在不停地掉淚。

但又開心地笑著。

皮皮開朗的聲音繼續對妻科同學說：

『我最喜歡妳了，小花。』

『可以再被小花讀，我好開心。』

『妳長大了呢，小花。』

『妳又在哭了，但妳也笑了，所以一定沒事的。』

『小花，我喜歡妳。小花，小花，我喜歡妳，我喜歡妳。我最喜歡妳了。』

她每次翻頁，「開心」、「喜歡」、「開心」的聲音都像光芒一樣閃耀。

『好開心。』

『好開心。』

透明的水滴從妻科同學的臉頰流下，滴滴答答地落在泛黃的書頁上，那說著「喜歡」的聲音也跟著顫抖。

翻起的書頁脫離了書脊，落在妻科同學的腿上。

「！」

妻科同學愕然地吸氣，書頁繼續一張一張地脫落，從她的手中翩然落下。

「等、等一下！怎麼會！」

妻科同學眼中滿是淚水。

『我喜歡妳，小花。我喜歡妳。』

皮皮喜悅地說著，一邊不斷地碎裂、掉落。

她當了車站借閱書籍之後被無數人翻閱，有時可能還受到粗暴的對待，書本的壽命早已到了極限，她只是憑著想再見到小花的心願而勉強撐到今天。

現在她被小花翻閱，心願已經實現，所以她開心到全身顫抖地走向生命的盡頭。

「不要！為什麼？不要！」

妻科同學哭著撿起掉落的書頁。

『謝謝妳又讀了我。小花，我永遠都最喜歡妳了。』

最後，皮皮用無比幸福的語氣說完，就沒聲音了。

只有蹲在地上撿拾書頁的妻科同學的啜泣聲，迴盪在恢復寧靜的生物教室裡。

「不要！皮皮，不要，不要……不要啦！」

一直躲在走廊上偷看的我也忍不住眼紅鼻酸，一屁股坐在地上，靜靜地抽泣。

皮皮最後能再讓小花讀一次真是太好了。

能趕上真是太好了。

她一定是懷著幸福的心情而離世的。

我如此確信，但眼淚還是停不住。

◇　◇　◇

我抽泣的聲音傳進妻科同學的耳中，讓她發現了我躲在走廊上偷看到哭的事。

「真是不敢相信，竟然把姬倉學長都扯進來。還有，你為什麼要哭啊？」

嘴上不停抱怨的妻科同學同樣淚流不止，我們兩人就這樣哭了好一陣子。

「皮皮說，謝謝妳最後還能再讀她一次，還說她最喜歡小花了。」

聽到我這句話，妻科同學沒有再生氣，也沒再皺起臉孔。

「……我還是不相信你能聽到書的聲音……可是，如果皮皮真的這麼說了，我會很高興的。我一直很後悔把皮皮去下……所以最後還能再讀皮皮一次，我也很開心……」

妻科同學抱著裝著鬆脫書頁的文件袋，對我深深鞠躬說「謝謝」。

「讀書的時候，我發現自己還是很喜歡皮皮。雖然我最愛的皮皮已經散成一頁頁的，但我會把這些當作是皮皮的遺物，好好保存下來的。還有，我也要去買皮皮的續集來看。」

希望新的皮皮也會喜歡我……妻科同學面帶微笑如此說著的表情很單純、很可愛，我看得也不禁露出微笑，但她隨即面紅耳赤地轉開了臉。

臨走之前，她用充滿決心的語氣說：

「不用擔心我！我會過得很好的！」

那是書中的皮皮說過的話。

妻科同學臉頰泛紅，不好意思地轉身跑掉了，而我心情愉悅地目送著她的背影離去。

皮皮，小花應該沒事了。

好啦，我得回家去哄夜長姬了，或許她會因為我又把她丟在家裡而氣得不跟我說話，不過包容她的脾氣也是一件愉快的事。我一邊這麼想，一邊邁出輕快的步伐。

第二章

《異世界熱水霧☆嗚呼呼大戰》緊急的重要請求

不知為何，我從懂事以來就能聽見書的聲音。

圖書館的書本像在說悄悄話，聲音很細微。

舊書店的書本像在喝茶聊天，聲音悠哉又溫暖。

車站大樓裡的大型書店裡，堆放在新書區的書本就像剛出生的雛鳥一樣充滿了生命力。

『讀我讀我！很好看喔！』

『來讀我吧！絕對不會讓你後悔的！』

『讀了我一定會感動到流淚喔！』

他們紛紛說道。

『讀我！』

『買我！』

『讀我！』

『成為第一個讀我的人吧！』

在吵鬧不休的新書區前，有一個像剛從墳墓冒出的幽靈一樣缺乏存在感的男人。

咦？那個人昨天好像也有來。

他看起來挺年輕的，大概二十多，還不到三十歲。可是現在才剛放學，應該沒有上班族會穿著皺巴巴的襯衫長褲來逛書店吧？他身材苗條，手腳纖細，好像風一吹就會飛走，表情既懦弱又沒自信，整個人戰戰兢兢的。

昨天我看到他的時候本來以為他是偷書賊，不禁繃緊神經，但他好像連做壞事的意志和體力都沒有，只是縮頭縮腦的，彷彿在默默地道歉說「對不起，對不起，我活在這世上真是抱歉」。

有些書很熱情地跟他說話，聲音是從昨天剛出版的成堆輕小說的角落傳來的。

『Mayu Mayu，沒事吧？今天有好好吃飯嗎？』

『打起精神啦，Mayu Mayu。大家一定會買的。』

『加油！Mayu Mayu！我們都會努力讓大家來買的！』

像動畫中的女孩般的聲音不斷地聲援著「加油，Mayu Mayu」。

還有一些書本喊著：

『請來買我們吧！』

『我們會提供讓你心跳加速的服務喔！』

『讓我僅屬於你吧！』

就像地下偶像叫賣CD一樣，主要是在招徠男性客人。

雖然我昨天有注意到他，但是夜長姬在書包裡冷冷地說著『結，快點回家吧。你已經有我了，根本不需要其他的書。如果你看了其他書的封面三秒以上，我就要詛咒你的眼睛爛掉，所以你不快點離開書店的話，眼睛就會腐爛，那就再也沒辦法讀我了喔』，以致我無法待太久。

今天我讓夜長姬留在家裡。

『你一定打算劈腿吧？不可原諒！』

她很生氣地說道。

我把淡藍色的封面貼近臉前，幾乎碰到眼鏡的鏡框，哄著她說「不會啦，我的女友只有夜長姬一個」。

『我才不管！我要詛咒你！』

她拗起了脾氣。

話雖如此，我在同一個地方又遇到了昨天很在意的那個客人，當然不可能不感興趣。

今天那堆新出版的輕小說，一樣傳出了女孩子們的聲音在鼓勵他。

『Mayu Mayu，昨天賣出去一本了唷。』

『我們會繼續努力呼喊，讓更多客人過來買的！』

『各位，我們連最害羞的地方也會攤開給你們看喔！請把我們帶回家慢慢享受吧！』

我望向聲音傳來的地方，堆在那邊的書本封面上畫著一群女孩子在泡溫泉。

每個女孩都裹著毛巾，但胸部露出了大半，連乳頭都幾乎遮不住，有的坐在石頭上高高交疊著彈性十足的大腿，有的從溫泉裡抬起腳尖，各自擺出性感的姿勢。

一個看起來像是金髮公主，一個看起來像是威風凜凜的女騎士，一個是身材惹火表情溫柔、有著尖耳朵和惡魔尾巴的大姊姊，還有一個是長著貓耳朵、面無表情的幼女，最後一個是戴著大大三角帽泡在溫泉裡的眼鏡女孩。

書名是《異世界熱水霧☆嗚呼呼大戰～身為尼特族的我投胎到異世界，開外掛挖溫泉又大開後宮！》，一看就很色情。

我平時很少看這類型的書，所以反而很有興趣，但我一望著書本，她們就突然喊叫：

『他在看我們耶！』

『眼神好熾熱啊！』

『是學生吧？國中生？還是高中生？這不是成人書刊，所以用零用錢買下來也沒關係喔！』

『帶我回家吧！我會讓你臉紅心跳的！』

她們拚命地拉生意。

我察覺到旁邊也有一道目光盯著我，轉頭望去，正好跟她們稱為「Mayu」的軟弱男人四目交會。

男人嚇了一跳，急忙轉開視線，但他似乎還是很在意我，頻頻用眼角餘光偷瞄著我。

『沒問題的，Mayu Mayu，這個眼鏡男一定會買的。』

『是啊，Mayu Mayu。他一臉飢渴地盯著我們呢。』

我可不記得自己何時露出了飢渴的眼神。

此時我發現一件重要的事——書名下面的作者名字是，咲咲木麻友（Sasaki Mayu）。麻友？Mayu Mayu？啊！

「難道你就是咲咲木麻友老師嗎？」

我向身邊那個縮頭縮腦的男人問道，他像在演搞笑短劇一樣跳了起來，臉色發青，驚恐地發出「啊哇哇哇哇哇」的聲音。

「為為為為為什麼你會知道我是咲咲木麻友！」

他大聲地說道，然後急忙用雙手摀住嘴巴。

然後他東張西望。

「我……我自己說出來了。」

他一副很沮喪的樣子。

啊，我不應該問嗎？

「對不起，因為我昨天也在這裡看到你，心想你會不會是作者，忍不住就問了。」

「哈哈……哈哈哈哈……因為太在意銷量而徘徊在新書區，真是太丟臉了。而且作者用了咲咲木麻友這麼可愛的筆名，被大家稱為 Mayu Mayu，本人竟然是這樣一個寒酸的大叔，一定讓你覺得很幻滅吧……嗚哇哇哇哇啊啊，這些事也請你保密！」

Mayu Mayu 老師對我低頭致意。

「我本名叫佐佐木麻友，名字讀作 Asatomo，但我覺得用女性筆名比較能吸引男性讀者，或許對銷量有幫助，就自編自演取了一個『Mayu Mayu』的暱稱，其實明白的人一眼就能看出『遣辭用句和故事怎麼看都是大叔寫的』，但我還是把自己設定成永遠十六歲的女高中生，真是太不知羞恥了。請你千萬不要公布到網路討論區。」

『Mayu Mayu，你又自己說溜嘴了。』

『還把自編自演的事說出來了。』

啊，他這種少根筋的風格倒是很符合十六歲的女高中生。

看著 Mayu Mayu 老師因　直鞠躬而引發貧血而搖搖晃晃的，我向他保證絕對不會公布到網路討論區，也不會告訴其他人。

「真、真的嗎？謝謝你，謝謝你。還有……如果你不嫌棄的話，那個……那個……」

他想必是個臉皮很薄的人。

一句「請你買我的書」始終說不出來，只是紅著臉扭扭捏捏的。相較之下，Mayu Mayu 老師寫的書本都在大喊：

『買吧！』

『買吧！』

「既然機會難得……」

我從新書區的書堆裡拿起一本，他的臉色立刻亮了起來。

「謝謝！啊！我可以幫你簽名。你的名字是？」

「我叫榎木結。那個，這本書還沒結帳耶。」

「哇！對耶。那等你結帳之後我再幫你簽。啊，我自己有簽字筆。」

「喔……」

如果我帶著簽名書回家，夜長姬一定會氣炸的，而且封面上還畫了五個擺著性感姿勢的半裸女孩。

──劈腿……不可原諒。絕不原諒。

我彷彿聽到她冰冷的聲音，頓時感到背脊發涼。

可是看到 Mayu Mayu 老師笑咪咪的臉孔，我實在說不出「我怕女友生氣所以還是不買了」或是「不用簽名了」。

十分鐘後。

我拿著封面內側用粉紅色簽字筆寫著「致榎木結。Mayu Mayu」的《異世界熱水霧☆嗚呼呼大戰～身為尼特族的我投胎到異世界，開外掛挖溫泉又大開後宮！》，和 Mayu Mayu 老師一起在便利商店的內用區喝茶。

「沒有請你去大排長龍的蛋糕店真是抱歉，我還要再等兩個月才拿得到版稅，所以現在手頭很緊，這一個禮拜我都是靠豆芽菜活下來的。」

「還是讓我自己付吧。」

我把冰咖啡的一百圓放在桌上，他立刻推回來給我。

「不行不行不行！我不能讓書迷付書本以外的錢！」

Mayu Mayu 老師堅決地說道。

我什麼時候成了他的書迷啊……

「我當作家七年了，第一次看到有人在我面前買我的書，我真的很開心。」

「七年？你已經在這行業待了這麼久啊？」

「……可是我的書賣得很差，這次還是隔了一年才出書。」

Mayu Mayu 老師又垮下了肩膀。

簽著我名字的書本說道：

『打起精神啦，Mayu Mayu。只要書賣得好，就能繼續出版續集，變成系列以後收入會更穩定，你就可以填飽肚子了。』

她說的都是一些現實的考量。

Mayu Mayu 老師連語氣都很消沉。

「我把這本書當成最後的機會。我在學生時代不小心得了獎，所以畢業後沒去找工作，還是繼續寫作，但我真的快撐不下去了，已經準備要放棄了。」

「怎麼會……」

「啊啊啊啊啊啊啊啊，虧我還為續集埋了那麼多伏筆，都不知道會不會有續集，嗚哇啊啊啊啊啊，我真是笨蛋，應該一集就讓它完結才對。我又要讓讀者看腰斬的系列了啦啊啊啊。是說我真的有讀者嗎？有嗎？有讀者嗎？」

「還、還有我啊，我會看的，因為我是老師的書迷。」

看他這麼悲情，我忍不住就這麼說了。

Mayu Mayu 老師用雙手緊緊握住我的手，不停地上下搖動。

「謝謝你，謝謝你，謝謝你～～～」

『結，謝謝你，我會盡力為你服務的！』

同時聽到作者和書向我道謝可不是常有的體驗，這應該是好事吧。不過我可不能讓夜長姬發現。

◇　◇　◇

『……你身上有其他書（女人）的味道。』

驚！

我回到家，一踏進二樓的房間，床上就傳來一個冰冷的聲音。

枕頭旁邊鋪著一條蕾絲手帕，隨興躺在手帕上的淡藍色書本——我那愛吃醋的女友夜長姬——從薄薄的身體散發出冷冽的氣息。

我掛在肩上的書包裡正放著簽了我名字的全新書本。

在回家的途中我特地提醒過她「無論發生什麼事都別開口，保持安靜，這是為了妳自己好」。

——結可以跟我們說話啊？我從來沒遇過這種人呢，但我也才剛出生不久啦。

熱水霧（就這樣叫她吧）雖然驚訝，但她的個性很單純，乖乖地答應了我「好的，我會保持安靜，絕對不會開口的」。

結果我才走進房間一秒，夜長姬就察覺到了。

我現在到底該裝傻呢，還是該下跪道歉呢……

「啊？妳說什麼？別逗了，我明明有夜長姬，怎麼可能再去看其他的書嘛。」

我不敢說我不只看了別的書，而且書上還簽了我的名字。現在只能裝傻到底了。

『……你在說謊的時候，語氣會變得比平時輕浮。』

我的心中又是一驚。我擦著汗，一邊努力裝出誠實的語氣回答：

「有嗎？沒這回事吧？」

『鼻子還會抽動。』

「咦？」

我急忙摀住鼻子。

『眼睛會滴溜溜地轉動，說話之前就先吐氣，脖子會稍微轉向旁邊，表情也會變得非常柔和。』

「咦咦？咦咦？」

是我太容易看穿了嗎？還是夜長姬的眼力過人？話說回來，說謊之前會先歪脖子裝出溫柔表情，聽起來簡直就是專業騙徒嘛。

『你的書包裡有書……還有沐浴乳的味道……』

「沐、沐浴乳……妳又沒有進過浴室。」

『和你剛洗完澡的味道很像……』

「我們家用的沐浴乳確實是知名溫泉系列。」

『你和我之外的書一起洗澡了嗎？你們看了彼此的裸體嗎？』

「書要怎麼裸體啦！」

是指拆掉封面的狀態嗎？

『劈腿……不可原諒……詛咒你……罰你做苦役……』

慘了，她又開啟暗黑模式了。

『詛咒你，等你明天醒來，這裡就會發生瘟疫，變成人間地獄……全都是因為你劈腿的緣故！』

「我沒有啦！真的沒有！啊，晚餐時間快到了，我該下樓了。晚點見喔。」

我笑著說完，就抱著書包跑下樓。

在客廳裡，我喘了一口氣，打開書包拉鍊。

「對不起，妳一定嚇壞了吧？不過她不會咬妳，也不會賞妳巴掌啦。」

我對縮在書包裡的熱水霧說道。

『結是會被女友控制的類型呢……你一定過得很辛苦吧，真可憐……』

她對我表示了同情。甚至還說：

『我會好好安慰你的。今天你就盡情地翻我吧。』

喔喔，好溫柔啊……聽到這麼柔情的聲音，真是令人心蕩神馳。

我並不是被新來的女孩電到變心了，但我今晚還是待在去北海道讀書的姊姊的房間裡閱讀 Mayu Mayu 老師的新書。

沒工作又是家裡蹲的主角在浴室不小心跌倒而死掉，之後投胎到異世界，因為挖到溫泉成了大英雄，受到女孩子們的追捧。我順暢地讀著完全如標題所描述的故事，心情非常舒爽。

「哇喔，節奏掌握得很好嘛。」

『是吧是吧！Mayu Mayu 很堅持行文簡潔，經常為了選擇用詞而傷透腦筋呢。他說這是為了讓不愛看書或疲勞的人也能輕鬆地閱讀。』

「情節進展得也很迅速。哎呀，明明已經在看故事了，卻還是迫不及待地想知道後面的情節。好想看看主角開無雙的場面啊！」

『就快到了！接著是和公主一起享樂的愉快時光喔。』

「艾蓮娜公主優雅又純情，真是太可愛了～」

『我最喜歡的是貓耳的蒂亞拉，她一開始很高傲，但後來還會害羞地趴在主角的腿上撒嬌，真是可愛到不行！我個人大推薦喔！』

「咦？真的嗎？真想快點看到。」

『嗯，快翻吧，快翻吧！』

我就像這樣和熱水霧聊天邊看書，心情既雀躍又暢快。書中每個女孩都很可愛，每個人的興趣、動作和背景都設定得很細緻，令我十分佩服。我可以感覺到作者對這個作品投注了滿滿的愛，很溫馨。我似乎可以理解那些書本為何如此關心、喜愛 Mayu Mayu 老師了。

「哇塞！太有趣了！」

我一口氣讀完整本書，伸直雙腿坐在榻榻米上，攤開雙手說道。真是太暢快了，全身好像都變得輕盈了。

『是吧是吧！Mayu Mayu 的小說是全世界最棒的！』

「我一定要看續集！裡面埋了好多伏筆。」

『書一定會賣得很好，讓 Mayu Mayu 可以繼續寫下去！』

我們一起說著「好期待啊」，我還和熱水霧一起猜測之後的情節發展，這樣也很有意思。

回到自己房間睡覺時，夜長姬用冷冰冰的語氣說：

『你背叛了我……你這個卑鄙的渣男。』

我又沒有劈腿，偶爾看看其他書也沒關係嘛。

◇　◇　◇

隔天放學後，我和放在書包裡的熱水霧又一起去了車站大樓的書店。

我想和 Mayu Mayu 老師分享自己的讀後感：「非常精采！真想看到續集！」我猜他今天也會來關心銷售情況。

如我所料，Mayu Mayu 老師就站在新書區的平臺前。不過他之前總是一副焦慮的模樣，今天卻是滿臉絕望地站在那裡不動，感覺好像正在打算從車站月臺或車站大樓的頂樓一躍而下。

「怎麼了，老師？」

「我的……我的書……」

對了，今天沒聽到幫 Mayu Mayu 老師加油的聲音呢。我望向放著新書的平臺，原本堆放 Mayu Mayu 老師書本的地方全都變成其他書了。

書腰上印著「當紅作家雀宮快斗的硬派高中生業平涼人系列千呼萬喚始出來的新作，上下兩集同時發售！」的書本，浩浩蕩蕩地堆滿了平臺。

業平系列是好幾次被改編成連續劇、動畫和電影的暢銷系列，尤其這次又是配合連續劇上映而出版了睽違兩年的新書，書店當然是全力以赴地宣傳。其他新書大概是為了要騰出空間而被搬走的。

「我的書想必除了書架上的那本之外全被退貨了……啊啊啊啊啊，才剛出版三天，為什麼偏偏撞上業平系列的新書出版日，而且還是上下兩集同時發售？年輕讀者的零用錢不多，如果買了業平系列的兩本書，就沒有多餘的錢買我的書了。」

Mayu Mayu 老師正在哀號時，業平系列依然不斷地賣出，甚至還有人把上下兩集各拿了兩本或三本。堆在平臺上的書也酷勁十足、自信滿滿地說著：

『呵呵……大家都等著我呢。』

『很好，盡情地讀吧，我的精采會讓你爽翻天的。』

『喂，再不快點買，如果被人買光了，你就只能哭囉。』

臉色蒼白的 Mayu Mayu 老師在一旁說道：

「沒救了，又要被腰斬了。我等編輯會議等了半年，隔了一年才出版了新書……如果這麼快就被腰斬，我以後絕對沒辦法再出書了。」

「怎麼會呢？或許其他書店還是會把你的書擺在平臺上賣，而且現在也能從網路上買書。」

『是啊，Mayu Mayu，打起精神吧。』

我和熱水霧拚命鼓勵 Mayu Mayu 老師，但他已經灰心透頂了。

「你知道嗎？在網路書店的搜索欄輸入書名，就會顯示當下的銷售排名。我剛才查過，第一名和第二名就是業平系列的兩本新書，而我的《異世界熱水霧☆嗚呼呼大戰～身為尼特族的我投胎到異世界，開外掛挖溫泉又大開後宮！》排到一千三百五十二名啦啊啊啊！」

一千三百五十二名！這、這確實很悽慘……

「而且，而且，僅有的一篇寶貴讀者評論只給了一顆星，還寫了『內容空洞，換行又太過頻繁。劇情充滿巧合的垃圾作品。樣板化的女性角色讓人看得很膩。還不確定有沒有續集就埋了一堆伏筆，對讀者太不負責了。一顆星是給插畫的』這樣啦～～～」

『太過分了！那個人根本沒有仔細讀嘛！Mayu Mayu 寫的小說全都很棒，我們絕對都是很精采的！』

熱水霧說得沒錯！

「我昨天看了老師的新書，真的很好看耶！每個女性角色都很可愛，讓人心跳不已，連我的女友都吃醋地大罵我劈腿呢！我一翻開看就停不下來，一口氣看完了整本呢！」

雖然我極力讚美，Mayu Mayu 老師還是垮著肩膀。

「算了，已經無所謂了……我自己早就猜到會有這種結果了……為什麼要埋那麼多伏筆呢……又不知道能不能出版續集。唉唉，嗚嗚嗚嗚……對不起，埋了伏筆真是對不起……」

Mayu Mayu 老師徹底被擊垮了，彷彿快要顧不得別人的目光癱倒在地。

的確，這麼嚴峻的情況想要起死回生是很困難的。

不過我真的很想看到故事的後續，我也想要多認識一下那些鮮明又有魅力的女性角色！我不希望 Mayu Mayu 老師敗給那些誇大的負評！

沒錯，我是書本的朋友，我也想讓更多人看到這本輕鬆愉快的療癒系好書。

如同昨天 Mayu Mayu 老師握我的手一樣，這次換成我用力握緊 Mayu Mayu 老師的手。

「只要這本書暢銷就能出續集嗎？那就讓它暢銷吧！還有方法沒試過！我們全都做做看吧！」

◇　◇　◇

隔天的午休時間。

在聖条學員的餐廳裡，因為一件奇事而引起了騷動。

被譽為校園王子的理事長兒子、在歷史悠久的管弦樂社擔任指揮的高三生姬倉悠人突然走進餐廳，坐在室外的座位。

「咦？真的假的？悠人學長？」

「我第一次在學生餐廳裡看到悠人學長呢。他不是都在音樂廳的私人房間裡享受高級餐廳外送的餐點嗎？」

他不只是出身高貴，又有俊美的容貌，光是站著不動就很顯眼了。這位校園明星在自動販賣機買了咖啡。這簡單的行動立即引起眾人的注目。

「哇！姬倉學長也喝自動販賣機的咖啡啊！」

「可是我聽說悠人學長習慣喝紅茶，而且特別喜歡大吉嶺呢。」

「真棒，悠人學長光是坐在室外座位喝咖啡，他身後的風景就變得像巴黎了。」

悠人學長從制服口袋裡拿出一本文庫本，如同在展示封面似地高舉起來讀，眾人一看更加訝異。

「！」

「！」

「！」

封面是貓耳女孩、魔族大姊姊、金髮公主等人半遮半露地圍著毛巾泡在溫泉裡的動畫風格插畫，而書名也是一樣誇張的《異世界熱水霧☆嗚呼呼大戰～身為尼特族的我投胎到異世界，開外掛挖溫泉又大開後宮！》。

「後宮？」

「嗚呼呼大戰？」

「投胎到異世界開外掛挖溫泉？」

喧鬧的餐廳頓時鴉雀無聲，接著細語如漣漪一般慢慢擴散。

「悠人學長在看輕小說！」

「而且還是萌系異世界故事！」

附血統證明書的校園王子到底發生了什麼事？

有學生一邊衝出餐廳一邊大喊：

「大事不好了！悠人學長在餐廳看《嗚呼呼大戰》！投胎到異世界了！」

事情一下子就傳出去了，連網路討論區都出現了照片，得到消息的其他學生紛紛湧進餐廳。

「他真的在看輕小說耶！」

「是嗚呼呼大戰！」

「是溫泉後宮！」

鬧得不可開交。

悠人學長似乎沒聽到周圍的騷動，依然優雅地翻著書。

被那細長的手指溫柔地翻著，熱水霧不禁心神蕩漾地喃喃說道：

『這個人翻書的動作好溫柔，真是太棒了……而且大家都在看這裡呢。有這麼多人看著我被翻閱，真是太令人興奮了。』

——悠人學長，我有事要拜託你！請你盡量找個人多的地方看這本書！

昨天我對 Mayu Mayu 老師放話說了「還有方法沒試過」之後就回到學校，等到管弦樂社練習結束就去找悠人學長商量。

悠人學長神色自若地打量著《異世界熱水霧☆嗚呼呼大戰～身為尼特族的我投胎到異世界，開外掛挖溫泉又大開後宮！》這冗長的書名，以及女孩們圍著毛巾泡溫泉的封面插畫。

——既然你這麼誠懇地拜託我，我當然不能拒絕，但代價是很大的唷。

悠人學長如此回答。

他會要求我付出什麼代價，現在就先別想吧。嗯。

我正在點頭時，旁邊有人說了：

「那本輕小說有這麼好看嗎？我也想找來看看。」

「我剛才在網路上訂購了。」

「回家時得去一趟書店。」

「我也要買！」

然後……

「太神奇了……我竟然可以這麼多次目睹自己的書被人買走……」

放學後，在車站大樓的書店。

新書區擠滿了身穿聖条學園制服的學生。

「《嗚呼呼大戰》是哪一本？」

「封面有溫泉的那個。」

「不好意思，我想要找咲咲木麻友的新書。」

他們一個個都在詢問 Mayu Mayu 老師的書，然後拿起一本，走向櫃檯。

放在書架上的那一本早就被買走了，可能是因為有太多人詢問《嗚呼呼大戰》放在哪裡，所以新書區的平臺上又重新堆起了《異世界熱水霧☆嗚呼呼大戰～身為尼特族的我投胎到異世界，開外掛挖溫泉又大開後宮！》。

書本不斷地減少。

一旁的業平系列看了都說：

『喔？怎麼？你們想跟大爺我比賽嗎？』

『我會記住你的書名的。』

熱水霧那群不斷被售出的兄弟姊妹用感激的語氣喊著：

『謝謝你買了我！』

『好開心！謝謝你！』

『我最喜歡你了！謝謝！』

還有一些書本向 Mayu Mayu 老師祝賀：

『幹得好啊！Mayu Mayu！』

『可以出版續集了喔，Mayu Mayu！』

Mayu Mayu 老師惶恐不安地說著：

「這是在作夢嗎？我是在睡夢中死掉、投胎到異世界了嗎？」

之後《嗚呼呼大戰》持續地熱賣，車站大樓書店裡的庫存量全賣光了，接著就是源源不絕的訂書單，也有很多人直接跑去其他書店，或是在網路上訂購。

「謝謝你，結，謝謝你！」

Mayu Mayu 老師感激地全身顫抖，雙手握緊我的手，上下不停搖晃。

◇ ◇ ◇

之後過了兩個星期，我在車站大樓的休息區聽到 Mayu Mayu 老師說，責任編輯正式通知他《異世界熱水霧☆嗚呼呼大戰～身為尼特族的我投胎到異世界，開外掛挖溫泉又大開後宮！》要被腰斬了。

雖然《嗚呼呼大戰》在一小部分地區創下爆炸性的銷售佳績，以全國範圍來看還是賣得很差。

因為達不到能出續集的銷售量，很快就決定要腰斬了。

「怎麼會這樣……」

Mayu Mayu 老師跟我聯絡說「我有一個消息要告訴你，放學後能見面嗎？」的時候，我還以為一定是已經決定出版續集，和熱水霧一起開心不已。此時放在我腿上的熱水霧也非常錯愕。

「對不起，虧我說得那麼大言不慚，結果什麼都做不到。」

「沒這回事，我非常感謝你喔。」

看到我低頭鞠躬，Mayu Mayu 老師一臉開朗地說。

「你讓我親眼看到了自己的書被大家熱烈搶購，對我來說就像是美夢成真。我的作品和筆名還是第一次登上了書店門口貼的本週銷售排行榜呢，我還拍下來留念了。」

我也是第一次看到 Mayu Mayu 老師用這麼歡愉的表情說話。

Mayu Mayu 老師說，他還收到了很多令人開心的讀者感想，然後把網路書評的截圖拿給我看。

『超好看的！劇情進展很快，讓人興奮不已！』

『讀起來很輕鬆，一下子就看完整本書了。女孩都很可愛，很能療癒人心。我打算再從頭看一次。』

『伏筆讓人好期待啊～一定要繼續寫喔！』

『我是第一次看咲咲木麻友老師的作品，我非常喜歡，一定會買他的下一本書。希望下一本就是這本書的續集～』

智慧手機的小小螢幕每出現一張圖片，Mayu Mayu 老師就眉開眼笑，嘴角揚起。

他很開心地說，這些圖片是他一輩子的寶物。

「你看，還有這種東西。」

他笑容滿面地拿給我看的是一大群人拿著《嗚呼呼大戰》比著 Yeah 手勢、擺出帥氣姿勢的大合照。那些人都穿著聖条學園的制服，是在學校裡拍的嗎？旁邊附上了「在我們學校超火紅！」、「真的很好看！」的 #字標籤。還有人把書和時髦的馬克杯、看起來很好吃的鬆餅、可愛的布偶放在一起拍照。

「我當了七年的作家，這或許是我第一次具體地感受到自己的書受到大家如此喜愛、讓大家看得這麼開心。雖然最後還是被腰斬了，但我由衷地慶幸自己寫了這本書。這本書真是太幸福了。」

放在我腿上的熱水霧也開心地說：

『嗯，是啊，Mayu Mayu，大家都很快樂、很幸福喔。』

能讓翻閱的人讀得開心。

對書本來說，沒有比這個更幸福的事了。

Mayu Mayu 老師給我看的每張照片裡都洋溢著溫馨的幸福，照片裡的書本也全都顯得生氣盎然、非常快活。

「就算無法出版，我還是打算寫續集，在網路上發表。我很想給這些如此喜愛我作品的人一些回饋。而且還有其他出版社的人看了我的新書，跑來問我要不要在他們公司出版作品。對方說，是因為看到網路上有人分享了我的書，很感興趣，才會去看的。他還誇獎我劇情的節奏掌握得很好，故事也很有趣，請我一定要跟他們合作呢。」

『太棒了！Mayu Mayu！』

「你成功了呢！老師！」

這次連我和熱水霧都感到喜出望外。

Mayu Mayu 老師不好意思地嘿嘿笑著，而後恢復了溫和的表情，直視著我的眼睛說：

「我本來想過，這次如果再被腰斬，我就不當作家了。可是，我現在覺得應該還能再努力看看。這都是多虧了你，謝謝你。」

◇　◇　◇

在那之後，輕小說風潮仍在聖条學園流行了一段時間。

我很驚訝地發現，連悠人學長都在音樂廳的來賓室裡看封面畫著可愛女孩的輕小說。

「很有趣喔。」

他還如此向我推薦。那是 Mayu Mayu 老師以前的作品，他是特地從網路上買來的。

看來悠人學長也很喜歡《異世界熱水霧☆嗚呼呼大戰～身為尼特族的我投胎到異世界，開外掛挖溫泉又大開後宮！》呢。

Mayu Mayu 老師在準備新作品的同時，也繼續寫著《嗚呼呼大戰》的續集。

熱水霧如今仍待在我家。

我把她放在姊姊房間的書架上，不時會去看看她。

在我沮喪的時候、疲倦的時候，只要一邊和熱水霧聊天一邊看書，我的心情就能得到撫慰。

啊啊，這真的是劈腿吧。

我就這樣懷著小小的罪惡感，和熱水霧一起期待著 Mayu Mayu 老師在網路上發表《嗚呼呼大戰》續集的那一天。

夜長姬的小祕密
～絕對不可以告訴結喔！

……結的身上有別的書（女人）的味道。
Σ(ﾟ口ﾟ;)!!

……溫泉的味道。
(´・ω・`)

……他和我之外的書一起洗澡了嗎!?
o(*≧д≦)o″

……詛咒你，詛咒你，詛咒你×10000000000
ヾ(`ε´)ﾉヾ(`ε´)ﾉヾ(`ε´)ﾉヾ(`ε´)ﾉ(´＿`。)(ノд・。)

……我、我也可以讓結在浴室翻我啊。
。・゜゜・(*/□＼*)・゜゜・。

第三章

顛倒看的、沒人知道的書

『結……喂，結〜〜〜』

一個稚氣未脫的聲音呼喚著我，彷彿輕撫著我的耳朵。

既不祥又淫靡、冰冷到令人背脊顫抖又無法自制地陷入誘惑的魔性聲音。

啊啊，多麼美的聲音啊。

就像是一位切開蛇身啜飲鮮血、把蛇屍垂掛在高樓上、露出可愛笑容的邪惡公主，聲音既恐怖又充滿魅力。

我想像著有一頭烏黑亮麗長髮、身材纖細的美少女，輕啟著血一般豔紅的嘴唇呼喚我的情景，不禁連指尖都逐漸發麻。

『結，你喜歡我嗎？』

當然喜歡，這還用問嗎？

我沒有開口回答，而是用手指撫摸著印在封面上的「姬」字，動作輕到若有似無。

被我撫摸時，她發出細微的喘息，像是縮起了身子。如同一隻瞇起眼睛，喉嚨發出咕嚕聲的小黑貓。

『怎樣嘛？喜歡嗎？結，你喜歡我嗎？你愛我嗎？』

彷彿渴求著我的觸摸，那鬧彆扭般的高傲聲音一次次地問道。

最近她經常這樣對我撒嬌。

大概是因為她懷疑我在其他房間藏了熱水霧這個祕密情人吧。

公主殿下的自尊心很高，絕對不會主動提起這件事，但她似乎很想跟熱水霧一別苗頭，所以想要確認我愛她勝過愛熱水霧。

昨晚我正準備走出房間去洗澡時也是一樣……

——我、我……我也可以陪你去唷。

她很罕見地用拔尖的語調說道。

——咦？可是一直待在脫衣間很無聊吧？

我這樣回答。

——唔唔……

她沉默良久後，用冷冽卻又害羞的聲音說：

——我、我也可以……和你……一起進去……喔。

聽得我震驚不已。

——咦咦?妳要和我一起洗澡嗎?我可以在浴室裡翻妳嗎?哇塞,那真是太棒了!不對,等一下,我一時迷亂,只想到自己的慾望。妳如果真的和我一起進浴室,就會被水蒸汽弄得皺巴巴的喔。

——皺、皺巴巴……?

我的腦海中浮現了有一頭烏黑長髮的公主嚇得縮起身子、哭喪著臉的模樣。

——而且,如果我不小心把妳掉到熱水裡……

——!

我聽到了比剛才更驚恐的吸氣聲。

在戶外的時候，就算只落下一滴雨水，她都會緊張地叮嚀我「結，結，下雨了，快把我放在你的衣服裡，好好地保護我」。她這麼怕水，有一整缸熱水的浴室對她來說必定是個危險又恐怖的地方。

不過她還是語帶逞強地說：

——只要用塑膠袋把我緊緊包起來……就不會有事了。

她如此聲稱。

——這麼一來我就沒辦法翻書了。

——那、那你就緊緊抱住我，避免讓我掉下去。

無論我怎麼勸她打消念頭，她還是堅持要和我一起洗澡。

——那只能一下下喔。

我抱著她走向浴室。

在脫衣間裡脫衣服的時候，她似乎還是怕得發抖，脫得赤條條的我用雙手將她輕輕捧起，用毛巾溫柔地裹住，她還是一副提心吊膽的樣子，後來也一直沉默不語，彷彿屏住了呼吸。

——還是別太勉強吧？難道妳是擔心熱水霧的事嗎？我真心愛著的只有夜長姬，而且我也不會和熱水霧或其他的書一起洗澡的。

——跟……跟那個無關。

——唔，可是……

我感覺到她的恐懼，不禁感到猶豫，但她還是拚命忍耐，帶著哭腔說：

——如、如果你沒有跟其他書一起洗過澡，那我……就是你的第一次了。

這句話緊緊揪住了我的心。

我的女友真是太可愛了。

我心胸顫動，還沒泡進熱水就已經臉紅了。

——好吧。我會保護妳的。

我把臉貼近她，充滿男子氣概地向她低語，抱著她走進冒著蒸氣的浴室。

——唔唔……

她發出可愛的呻吟。我泡進浴缸之後……

——不可以把我弄掉。絕對不能把我弄掉！

她如此叮嚀。

——不會有事的。相信我吧。

我把裹著她的毛巾鬆開，她立刻發出害羞的驚呼。為了減少她和蒸氣的接觸，我把毛巾放在浴缸邊緣，讓她輕躺在上面。

——好了，我要翻囉。

——嗯……

——今天我會慢慢地讀。

——嗯……

我安撫著緊張得顫抖的她，用格外溫柔的動作輕輕翻開封面。啊啊，真沒想到我竟然能在浴室裡翻閱最愛的她。

淡藍色的公主殿下此時彷彿染上了一抹紅暈。

為了不讓她負擔太大，我只在浴室裡待了一下，但這對我們來說都是非常親密的時光。

——結和我有著同樣的味道……

回到房間以後，沾染了沐浴乳香味的她在床上開心地喃喃自語，讓我的心頭再次揪緊。

——我成為你的第一次了嗎？

聽到她用細微的聲音說著這麼可愛的話，我忍不住把她緊緊抱在懷裡。

——當然啊。夜長姬是我第一本書，也是我永遠的書。

她聽到我堅定的回答就開心不已。

——我喜歡你，結，我最喜歡你了。

她甚至大膽地說出了平時不會說的話。

幸福的餘韻一直延續到了今天。

『結，我想聽你說你喜歡我。』

她又在跟我撒嬌了。

可是這裡是教室耶。

我面露微笑，輕輕撫摸著姬字……

『你不說的話……我就要割掉你的耳朵喔。』

她甚至這樣說。

啊啊，這稚嫩聲音和高傲語氣的落差真是讓人按捺不住。無論她命令我做什麼，我好像都會去做。

唔，這樣可以嗎……應該沒人會聽見吧。要不要說呢？嗯，說吧。

「我也喜歡……」

她突然從我的眼前消失了。

「不好意思，我有急事。」

拿著淡藍色封面的書——我深愛的夜長姬——站在桌前的是一位高挑的帥哥，被譽為校園王子的高三生姬倉悠人學長。

◇ ◇ ◇

「真難得，悠人學長竟然會來教室找我，平時不都是傳 Line 或訊息嗎？」

「我已經傳了 Line，可是你一直未讀。我猜你一定正在和女友快活，連手機都不看了，所以才親自來找你。」

午休時間。我和女友正在濃情蜜意的時候被悠人學長打斷，之後我們來到了校內的音樂廳。

這整棟建築物都是管弦樂社的社辦，而悠人學長從高一起就在社團裡擔任指揮。

我和悠人學長談話通常都是在音樂廳裡的來賓室，因為在那裡討論一些嚴肅的問題也不會被人聽見。

今天我們同樣坐在看起來很昂貴的皮沙發上，悠人學長立刻進入正題。

「你認識管弦樂社的高一社員若迫高也嗎？他最近在校內引起了一些騷動。」

「不好意思，我不太清楚一般人的事。」

「嗯，我知道你活在另一個次元。」

他應該是指我一翻開書就聽不見周遭的聲音，還會和書本對話的事吧。

我這種徹頭徹尾的平民之所以能隨隨便便地和校園王子交談，也是因為我擁有「聽得見書本聲音」的專長。

悠人學長向我描述了若迫同學的情況。

他在管弦樂社裡拉大提琴，個性認真又勤奮，學業成績也很好，身邊的人都很信任他。

但是前陣子某天放學後，他在參加社團活動時卻激動地指責高二的學長。

「他們跟其他的高二社員借作業，正在用社團的影印機影印時，若迫同學突然拔掉插頭，暴跳如雷地指責他們抄別人的作業是不對的，大家都嚇到了。」

——這是不對的吧！學長！

——啊？若迫，你在說什麼啊？

——把社團的影印機用於私人的事，還抄別人的作業，當成是自己寫的，這些全都不對！是在做壞事！

——你很奇怪耶……

唔，抄別人作業確實不對，但大家都會這樣做，我的暑假作業也是跟別人借來抄的，我還幫那人寫了讀書心得當作回禮。沒必要為了這種事跟學長吵架吧。

若迫同學平時的態度很溫和，看到他突然變得這麼激動，學長們都驚訝得顧不得生氣了。

事情並沒有就此結束。

放學後，若迫同學突然發出怪叫，在走廊上狂奔。

——黑夜……我要被黑夜吞噬了！

他眼睛充血，頭髮紊亂，嘴裡喊著這句話。

跑到走廊的盡頭後，若迫同學就昏倒了，被人送到保健室。那是昨天發生的事。

「被黑夜吞噬……這是什麼意思？」

悠人學長搖著頭說：

「今天早上若迫到學校後，我跟他談了一下，他說當時突然覺得腦袋熱得像是沸騰，之後的事他都不記得了。對學長發飆的時候也一樣，頭腦莫名發熱，心中充滿了『不可饒恕』的念頭。他對自己的舉動也感到害怕。」

悠人學長又問若迫同學最近是不是發生了什麼怪事，還是心中有什麼煩惱，他垂著眼簾回答：

——五天前的放學後，我在圖書室裡突然腦袋發熱，昏倒在地……隔天是週六，我去醫院做了檢查，但醫生說沒有異狀。

「在圖書室昏倒……」

原來如此，所以悠人學長才會來找我。

「是的，圖書室，有幾萬本書的地方。這算是你的領域吧？而且咲咲木老師那件事你還欠我一份人情。」

是啊，我請悠人學長幫忙宣傳 Mayu Mayu 老師的新書時，他對我說過「代價是很大的」。

「我知道了。我答應幫忙。總之我會先去找若迫談一談……」

◇　◇　◇

放學後，我們把若迫同學叫到事件源頭的圖書室。

「你要跟我說什麼話啊，悠人學長？」

「你可不可以再跟我詳細描述一下你在圖書室昏倒的事？」

若迫同學是個瘦瘦的、眼睛細長、看起來很聰明的男生。他把右手貼在臉頰上，面露疑惑。

這也是應該的，因為悠人學長把他叫到靠關係包下來的圖書室，而且跟管弦樂社毫無瓜葛的我還大剌剌地站在一旁。

「不好意思，這位是？」

他用戒備的眼神看著我。

「結很瞭解書，也經常來圖書室，我想他或許會知道些什麼，就叫他一起來了。」

「你好，我是榎木結，和你一樣是高一，我是一班。」

「……你好。」

若迫同學看著我的眼神增加了更多疑惑。

那眼神透露著他完全不明白很瞭解書又常來圖書室的人能幫得上什麼忙。

或許是習慣動作吧，他像是要遮住自己似地把手貼在右臉上，視線從我身上移開，一臉不耐地說：

「我昨天已經全都說了。我來圖書室查東西，結果一走進來就腦袋發熱昏倒了，只是這樣。」

我問道：

「當時你正在看什麼書？」

「……我不記得了。」

若迫同學似乎不想接受我的指揮，但悠人學長喊了一聲「若迫」，他又摸摸自己的右臉，心不甘情不願地為我們帶路。

「那麼，你是在哪裡昏倒的？可以帶我們去看看嗎？」

我們越過陳列著桌椅的自習區，走進書櫃如森林般矗立的藏書區，從塞滿書櫃的無數書名之間經過，繼續走向更深處。

聖条學園圖書室的規模可以媲美大學的圖書館，藏書量非常龐大，書櫃上層就算伸長了手也摸不到，所以旁邊還放著梯子。如果現在發生地震，書本一定會劈頭蓋臉地落下，讓人淹沒在大量的紙和文字之中。

我突然有一瞬間覺得這真是最幸福的死法，不禁心蕩神馳。或許我是被書給附身了吧。

『結，你今天要來看誰的故事呢？』

看吧，有聲音在呼喚我了。

『一定是我吧，結。』

『結，也讀我們吧！』

我靜靜地聽著書櫃傳來的幾個聲音。

『怎麼了，結，幹麼這麼嚴肅，怎麼了？』

『呵呵，三個男生跑來圖書室講悄悄話嗎？』

『你那愛吃醋的女友沒來嗎？』

我聽得到書本的聲音。

聲音最大、態度最強硬的是堆在書店的閃亮亮新書，而圖書室的書本總是很溫和，有時還會關心地說「學習很辛苦吧？你好像很累呢。要不要讀讀我們休息一下啊？」。

大概是我太久沒來了，他們今天比平時更嘮叨。

『和結一起來的高個子帥哥是校園王子呢。』

『對耶。上次有個長頭髮的漂亮女孩在我面前向他示愛，結果被拒絕了，她好傷心呢。』

『在那之前是嘴角有顆痣的性感女老師吧。王子很有技巧地甩了她，她很不高興喔。』

真是的，我想知道的又不是悠人學長的情史。話說嘴角有顆痣的性感老師不就是教音樂的……哎呀，別想了。

我假裝沒聽到，繼續走向深處。若迫同學在一排日本近代文學全集的前面停了下來。

「應該是這附近。」

他冷淡地說。

尾崎紅葉、二葉亭四迷、武者小路實篤、夏目漱石、芥川龍之介、太宰治……都是些大文豪。

每本書都很老舊了，如同那厚重的外表，他們的嘴巴也很穩重。

他們不像其他書本那樣嘮叨，只是保持沉默。就在此時……

鏗的一聲，如慘叫般的尖銳聲音竄進了我的腦海。

『好可怕！』

『到處都是屍體！』

『要被黑暗吞噬了！』

這是怎麼回事？

書本都在騷動。

好幾個聲音同時響起，相互交疊，我分不清是哪本書在說話。聲音在我的腦袋裡迴盪著。

每個聲音都狂亂得如同被附身，令我聽得毛骨悚然，背脊發涼。

我以前也曾見過書本像這樣彼此共鳴，一起騷動，一起害怕。

就是發生那個既恐怖又悲哀的染血事件之時……

聲音漸漸增加，漸漸擴大。

『烏鴉……』

『這麼多的屍體……』

『沒有人知道……』

『沒有人……沒有一個人知道……』

糟糕，我被「拖進去」了！

彷彿眼中充血似的鮮紅背景，到處飛舞的漆黑烏鴉，四處散亂著無數死屍，我甚至聞得到那腥甜的屍臭，喉嚨咕咕作響，口中積滿酸酸甜甜的唾液，令我幾乎嘔吐，但旁邊有個人比我更早跪倒在地。

是若迫同學。

他按著自己的右臉，眼睛恐懼地睜大，全身瑟瑟發抖，呼吸紊亂，戰慄的嘴唇啞聲說道：

「要被吃掉了……要被吞噬了……」

他睜大的眼睛逐漸發紅，喉嚨顫抖，仰起臉孔，彷彿正準備放聲尖叫。

「若迫，你沒事吧？」

悠人學長跪在若迫身邊，抓著他的肩膀，凝視著他的臉。

他目光犀利地盯著若迫的雙眼。按著右臉、肩膀起伏喘著氣的若迫同學慢慢地穩定了呼吸，眼中的瘋狂也逐漸消散。

「是我不好，我不該勉強你來出過事的地方。我們去保健室吧。」

「不……那個……我沒事。這麼失控真是抱歉，我的腦袋不知為何又開始發熱……」

若迫同學在悠人學長的攙扶之下站了起來。

悠人學長照顧著若迫同學，一邊問道：

「你剛才說『要被吃掉了』，你想起什麼了嗎？」

若迫虛弱地垂著頭，摸摸自己的右臉。

啊……又來了。

那個動作。

「我說了那種話嗎？對不起，我不記得了……」

「你平時很勤奮，對待身邊的人也很用心，或許是太累了吧。我看你今天還是早點回家比較好，我叫司機送你回去吧。」

若迫同學婉拒了幾次，但悠人學長最後強硬地說了一句「這是學長的命令」。

直到現在，那些書本依然像聚集在墓地的亡魂一樣囁嚅著：

『有好多屍體……』

『烏鴉湧向屍體……』

『黑暗……黑夜……』

◇　◇　◇

「我想若迫應該是『中了書毒』吧。」

把若迫交給姬倉家專屬司機後，悠人學長和我回到了音樂廳的來賓室。

悠人學長也一臉憂慮地垂著眼簾說：

「果然是這樣。」

我和悠人學長都見過罹患了和若迫同學相同症狀的人。

這是書本引發的病症。

只是輕症的話，應該有很多人體驗過。因為在書中的世界陷入太深，意識變得恍惚，以致無法回到現實世界，心神彷彿困在作品之中，對書中人物的悲傷痛苦和喜悅都感同身受。

如果只是因為太沉溺於《長腿叔叔》而把每天生活的大小事都寫進信裡，或是偷偷在暗中守護著喜歡的女孩，還算是無傷大雅。

如果是對卡繆的《異邦人》中毒，看到陽光太刺眼就想殺人，那問題就嚴重了。

件。

我和悠人學長遇見的病患就是把自己當成了書中人物，因而發生了可怕的事件。

光是想起那件事，我就感到背脊發涼，幾欲嘔吐。當時的記憶和傷痕還深深刻劃在我的心中，所以我很不希望又發生相同的事，如果若迫同學是被書本影響而失去自我，我無論如何都要幫助他。

不只是若迫同學，還有在非自願的情況下成為病因的書本……

「總之得先找出讓他中毒的書。我會再去圖書室打聽看看，也請學長再多跟我說一些若迫的事。」

悠人學長的想法一定也和我一樣。

不能再讓相同的事情發生。

絕對不行！

「好。我也會持續盯著若迫的。」

他直視著我的眼睛，一臉認真地說。

◇ ◇ ◇

『……結，我不希望你插手這件事。』

當天夜晚。

我坐在書桌前專注地看著悠人學長用手機傳來的若迫同學個人資料，夜長姬從我身後的床上不斷地說著，聲音冰冷而稚嫩。

『……讓人中毒的那本書裡竟然有很多屍體……太危險了……而且連周圍的書都跟著共鳴……說不定……連結也會跟著中毒……』

「沒事的，我會小心不讓這種情況發生的。」

『……結聽得到書的聲音……所以更容易投射書的心情……你比其他人更容易陷進去……之前那次也是……』

「就是為了不要再讓相同的情況發生，能同時跟書和人溝通的我才更該出手幫忙。讓若迫同學繼續維持這種情況就太可憐了，引發病症的書也會很痛苦的。」

妳不也是一樣嗎？

我沒有說出這句話，但夜長姬一定也想起了自己過去的經歷，沒再說下去。

『……』

而後她發出細微的聲音說：

『……其他的書……我才不管呢。就算全世界的書和人都毀滅了，只要結平安無事就好……』

這樣說太過分了，但她確實很擔心我。

「謝謝妳，不過這是我的責任。」

從我懂事以來，我很自然地就能聽見書的聲音。我認為這件事一定有意義。所以無論聽到多麼微不足道的聲音，我都無法假裝沒聽到。

我坐在旋轉椅上，轉向夜長姬，努力露出燦爛的笑容說：

「妳知道的，我是書本的朋友啊。」

愛操心的女友難以釋懷地發出「唔唔」的呻吟。

『……想著其他書的結……最討厭了……』

她喃喃說道。我把注意力拉回手機，繼續讀資料，夜長姬還是一直用快哭的聲音說著：

『……討厭……結……討厭……討厭……最討厭了……』

就算是為了讓夜長姬放心，我也得盡快解決這件事才行。

我認真地記住了若迫同學的個人資料。他以前讀的是偏差值很高的私立中學，進入聖条學園之後成績也都保持名列前茅，他在社團裡形同高一社員的領導者，二、三年級的學長也很信賴他。

興趣是……咦？數學？國中時代參加全國心算大賽獲得了第三名……太厲害了！他本來一定是個很理性的人，如今卻會一邊吼叫一邊在走廊上狂奔，激動地指責學長抄襲別人作業，到底是什麼書讓他中毒的？

得先從這裡開始查起。

如果不先找到源頭的書本，就很難治療了。

我回想著若迫同學在圖書室說的話，還有書本們的喃喃自語。

——要被吃掉了……要被吞噬了……

——黑夜……要被黑夜吃掉了！

關鍵字是「夜晚」。

被夜晚吞噬？

還有「屍體」。

——有好多屍體……

——屍體……這麼多的屍體……

——沒有人知道……

此外還有我和書本的聲音共鳴時看到的景象。在黑暗之中層層疊疊的屍體。鮮紅色天空中的一群群烏鴉。

唔……到處堆滿屍體、散發著腐臭味的小說嗎……

說起來，在我後方像個淚眼朦朧的女孩——那既怨恨又擔心地望著我的淡藍色書本——也符合這個敘述。

所幸她裡面沒有成群的烏鴉，只有一大堆的蛇。而且我感覺若迫同學對學長發飆不是鬧著玩或出於恐懼，而是憤怒。

「憤怒」啊……

這應該也是關鍵字吧。

所以若迫同學是對什麼事感到憤怒呢？

是什麼事讓他覺得不可饒恕呢？

憤怒男人的故事……？而且到處都是屍體？烏鴉……？

我始終想不出書名。

◇　◇　◇

隔天早上，我在開始上課之前又去了一次圖書室，走到日本近代文學的那一區，詢問附近的書本知不知道讓若迫同學中毒的是哪一本小說。

書本悄聲說道：

『不知道。』

接著又有其他的聲音加入。

『不知道。』

『不知道。』

聲音逐漸重疊。

『沒有人知道。』

『不知道啦。』

『不知道。』

『隨便你。』

四面八方發出越來越多的聲音，我不只沒問出書名，也沒得到任何線索，就回去上課了。

屍體……屍體……嗚嗚，真希望有更多線索。

到了午休時間，我還是一樣滿腦子想著屍體和腐臭，簡直就是個危險人物。夜長姬在我的口袋裡不安地問道：

『結……你連眼鏡歪了也沒發現，只顧著發呆……好奇怪。你該不會是……中毒了吧？』

我急忙調整好眼鏡。

「沒有啦，我很好。啊，去外面吃午餐轉換一下心情好了。」

我對夜長姬喃喃說道。

我帶著媽媽做的便當走出教室。

好啦，要去哪裡吃呢？

我在走廊上邊走邊想，突然看見了若迫同學。

他的手上提著福利社的袋子。

我朝他跑過去，對他喊道：

「若迫！你現在要去吃午餐嗎？要不要一起吃？」

『不要啦，結！』

在我口袋裡的夜長姬抱怨道。對不起，等事情解決以後，我會好好地翻閱妳的。

「你是……」

「榎木結，一年一班，座號八號。興趣是看書，專長也是看書，休閒活動是逛書店或圖書館，還有在家看書。」

看到我在走廊上突然開始自我介紹，若迫同學一副遇見可疑人士的眼神，但我一說：

「悠人學長把你的事交給我了。我有些話想要問你，你可以給我一些時間嗎？」

他只好一臉不情願地答應了。

口袋裡的夜長姬仍然喃喃埋怨著「笨蛋……討厭……我要詛咒你」。

我們一起坐在室外的長椅上。聖条學園的中庭打造得像英式花園，甚至有玫瑰拱門和花鐘。

七月的陽光雖然熾熱，但我們正好坐在樹蔭下，風也很涼快。選這裡真是太好了。

「你的身體還好吧？」

「……嗯嗯。」

「讓悠人學長那麼擔心，真是不好意思。」

「你不用放在心上啦，他本來就喜歡照顧別人。」

悠人學長雖然有點黑心，但基本上還算是個紳士，看到別人有困難一定會出手相助，甚至把維護校園和平視為己任，所以他才會到處管人家的閒事，還丟給我一堆工作。

「榎木……你跟悠人學長好像很親近？你們又不是同一個社團，怎麼會認識呢？難道你是姬倉家的親戚嗎？」

「不是啦，我家世世代代都是平民，跟他們那個閃亮亮的家族沒有任何關係。你看，我的便當也很平民啊。」

我的便當盒裡面放了煎蛋、昨天晚餐剩下的炸肉、用來塞滿空間的花椰菜，白飯上面還放了顆醃梅乾。看到這平凡無奇的便當，若迫同學的表情似乎少了一些戒備。

「我會和悠人學長往來是因為書本，他也很常看書，我們算是愛書的同好吧。」

這並不算說謊，只是省略了一些細節。

「這樣啊……」

若迫同學似乎接受了這個理由，但他還是有點擔心，摸著右臉說：

「……你說有話要問我，是什麼事？」

「嗯，你說過你不記得在圖書室昏倒的時候有沒有在看書，對吧？」

「是啊。」

根據悠人學長提供的情報，若迫同學在昏倒之前有摸過書櫃，周圍的地上還掉了幾本書。

發現若迫同學的值班人員不記得那些書名，只說他既然是昏倒在日本近代文學那一區，應該是那一區的書。

「你說是去圖書室查東西，查什麼呢？」

「老師出了俳句的作業，所以我想找資料作為參考。」

「喔喔，我們班也有那個作業。你還先去查資料啊？真是太認真了。可是俳句的書都放在詩歌區，跟日本文學區隔了三個書櫃吧。」

「咦……是嗎？」

「為什麼你會站在日本文學全集那裡？」

「我平時很少去圖書室，不太確定什麼書放在哪裡，可能只是剛好走到那邊吧。」

「唔，說得也是。」

的確，我去到不熟悉的圖書館和書店，也會在目標區域以外的地方繞來繞去。

「你喜歡的書有哪些？」

「喜歡的書？」

若迫同學一臉疑惑，像是不明白我這樣問的用意。

「我會看的只有教科書。比起文字，我更喜歡數字。啊啊，如果有寫滿數字的書，我應該會喜歡吧。」

寫滿數字的書嗎……唔……覺得數字比較浪漫的人也是有的，不過我完全無法想像，對寫滿數字的書中毒的人會做出怎樣的行動。

或許會在走廊上突然用粉筆寫數學算式吧？就算是這樣，也不會一邊喊著「要被夜晚吃掉了」。

「對了，我聽說你在全國心算大賽拿過第三名，真厲害耶。你最多可以計算幾位數？」

「十六位數。」

「十六位！連計算機也不用，光用看的就能算出答案，真的是天才耶。」

「沒有那麼了不起啦，只要在腦袋裡想像著算盤，用珠算的技巧來計算，任何人都做得到。」

「哪有，我就做不到啊。就算只是兩位數，我都得寫在紙上才算得出來。哇塞，真厲害……」

「……沒這回事。」

聽到我的讚美，若迫同學似乎一點都不開心。我可是真心佩服他耶。

「全國第三名真的很厲害。而且悠人學長說你在社團裡是高一社員的領導者，學長也都很信賴你呢。」

若迫同學的眼中突然浮現了強烈的情緒。

像是憤慨，又像是焦躁，還有極度的不滿和不甘心，各種情緒混雜在一起，簡直快要迸出火花。

若迫同學用手心緊緊按住自己的右臉，彷彿在壓抑某種毀滅性的衝動。

接著他聲調低沉地說：

「學長才沒有信賴我。」

「呃？可是……」

「我沒有被提名當負責人。」

他的表情陰暗得如同烏雲密布，看得我不禁屏息，問道：

「負責人？」

若迫同學按著右臉，盯著自己的腳尖說：

「在管弦樂社除了社長以外，各個樂器部門和各年級都有自己的領導者，各年級的領導者就叫負責人。第一學期是由高二生擔任高一的負責人，到了第二學期，就會從高二高三學長提名的高一生之中選出一個接班人。在上週的選拔會中，沒有任何人提名我，所以我沒辦法當上負責人。」

若迫同學嘴唇顫抖著，像是很不甘心。他低著的臉龐變得更陰沉，垂下的眼簾之下籠罩著陰影。

「那是很重要的職位嗎？」

「……管弦樂社的社長向來都是從負責人之中選出的。所以如果不是負責人，就沒辦法當社長了。」

「你想當社長啊？」

「如果在聖条學園當了管弦樂社的社長，就可以推薦上任何一所大學。」

他露出了自嘲的笑容，像是在說「我為什麼要跟剛認識的人說這些話呢」。

要當管弦樂社的社長就得先當上高一的負責人，要當高一的負責人就得得到學長的提名——如果沒被提名，當不上負責人，就代表他很難被推薦去他想讀的大學嗎？

「你的成績已經是頂尖的了，既然可以在我們學校裡拿到這種成績，任何大學都考得上吧。」

「我國中的時候也被這樣說過，大家都說以我的成績去考哪間高中都考得上，事實卻不是這樣，我並沒有考上我最想讀的高中。」

呃，是這樣嗎……

聖条學園是升學學校，設備足以媲美一般大學，是很多人想報考的熱門學校。雖然媽媽抱怨過這裡的學費很貴，而且還有其他偏差值更高的菁英學校。

若迫同學在國中時的目標想必就是那種菁英學校。

他被大家認定一定考得上，結果卻失敗了，才來讀我們學校，或許他這次是下定決心一定要得到推薦，事先調查過有哪個社團有利於推薦，才會加入管弦樂社吧。

若迫同學是個勤奮的人，他一定是靠著實績一步步地得到學長的信賴，結果最後卻沒被提名當高一負責人。

我不是他們社團的人，當然不明白為什麼會這樣。

若迫同學一定深受打擊吧……

一想到若迫同學的心情，連我也覺得胸口鬱悶。

「不過你以後還是有機會扳回一城吧？能拿到全國心算大賽第三名，在我看來已經很厲害了，根本是天才啊。」

「得到第一名的人在受訪時不以為意地說自己平時都沒在練習，而我是不斷地努力才勉強拿到第三名，我跟他的水準完全不同。那種人才是天才，而我……只是個普通人……根本沒有未來。」

若迫同學的聲音非常陰沉，聽起來像下著雨的黑夜，他仍然按著自己的右臉，陷入了沉默。

怎麼會沒有未來呢？

我們才活了十五、六年，只不過是高中一年級的小毛頭。

若迫同學成績優秀，長得也不差，身高也比我高，每天認真地參與社團活動，心中還有著明確的目標。相較之下，我只是個娃娃臉的樸素眼鏡男，身高或許不會再增加了，每天都不思進取地消磨在書本中，可以的話我真希望一輩子都能不斷地看書，如果能永遠窩在堆滿書本的房間不知該有多開心啊，不過夜長姬一定會吃醋地說「我才不要跟其他的書待在一起！」，那樣也很可愛呢。我就只是個滿腦子這種妄想的廢物……

「嗚哇啊啊啊！」

我突然大叫，若迫嚇得猛然抬頭，口袋裡的夜長姬似乎也倒抽了一口氣。

「怎、怎麼了？」

「像你這麼優秀的人都會擔心自己的未來，那我這種除了看書什麼也不會的人還有什麼未來呢，我一想像就……」

「有……什麼未來？」

「我一定會躺在書本堆成的床上，在書本之中糜爛地生活啦！這樣根本是尼特族！家裡蹲！慘了！我簡直是廢物嘛！」

我是真心感到危機，夜長姬卻罵道「去死啦！」，若迫同學也張著嘴巴愕然無語。

他像是看到某種奇妙的生物，仔細地盯著我看。但是當我愁眉苦臉、可憐兮兮地問道：

「我該怎麼辦啊？」

若迫同學就忍不住噗的一聲笑出來。

「我哪知道。」

他語帶輕鬆地說。

鈴聲響起，午休時間結束了。

若迫完全沒動過從福利社買來的麵包。

「耽誤你吃午餐真是抱歉。」

「沒關係，反正我也不太想吃。」

說完之後，若迫同學又把麵包放進袋子，回自己的教室去了。

他的表情比我邀請他一起吃午餐的時候柔和多了，整個人的氣氛也輕鬆多了……但他或許還很在意不小心說出了提名負責人的事吧。他會對書中毒說不定也跟這件事有關……

可是若迫同學為什麼沒有被提名呢？悠人學長提供的情報明明說他很受學長信

任。

口袋裡的夜長姬說道：

『結，你想像的未來……是被我以外的書給淹沒嗎？這是你的真心話嗎？詛咒你，詛咒你，詛咒你，詛咒你！』

她又開啟了暗黑模式。

◇　◇　◇

放學後，我在音樂廳的來賓室向悠人學長報告我和若迫對話的內容，他皺著眉頭說：

「是嗎……若迫這麼在意當不上負責人的事嗎……他在大家面前都表現得一副不以為意的樣子呢。我真是失敗，從各方面來看都是。」

失敗是什麼意思？悠人學長難得像這樣苦著臉。

「若迫同學應該是很好的人選吧？他為什麼沒被提名呢？」

「嗯，我本來也以為若迫一定會選上，可是在選拔會開始之前傳出了對若迫不利的傳聞。」

「不利的傳聞？」

「有人說他在國中的時候從二樓陽臺把同學推下樓，害同學受了傷……」

「咦咦？那麼認真的若迫同學會做這種事？真叫人難以相信。」

「那個同學跳下樓的時候，若迫和其他幾個男學生正在陽臺上，不過若迫是去阻止他們霸凌的，他並沒有把同學推下樓。」

「那為什麼會傳出那種謠言呢？他就是因為這樣才沒被提名吧？」

「這就是散播謠言的目的吧，可能是他的競爭對手假裝是傳聞而散播出去的。可惡，我應該更早注意到的。」

悠人學長非常懊惱。

雖然他做什麼事好像都輕而易舉，看來還是會有疏漏之處……這也是當然的，他畢竟只是個高三的學生。

「若迫知道自己是因為這個謠言才當不上負責人的嗎？」

「我也不確定。」

如果他知道，心裡一定會非常難過、非常氣憤，還會感到很空虛。

——……根本沒有未來。

若迫同學是因為對一切感到絕望，才會用那麼陰沉的表情說出這句話嗎？

他突然對學長發飆說不定也是因為……

——這是不對的吧！學長！

或許是因為他自己被不正當的行為陷害，才會無法容許這些小小的不正當行為。又或者，影印別人作業的學長正是散播謠言的元凶？

——這是不對的吧！

憎恨不正當行為的主角……

我的腦海突然閃過一道光芒。

啊……我好像快要想到什麼了……

此時書包裡突然傳出冰冷得令我背脊顫抖的聲音。

『顛倒……』

既天真又冰冷，還很恐怖……魔性的聲音。

我吃驚地望向放在一旁的書包。

是夜長姬在說話嗎……？

我只是在和悠人學長說話，又沒有劈腿……不對，這聲音聽起來……

『顛倒……看到的……』

她又喃喃說道。

這聲音不帶任何感情，如機械一般死板，就像圖書室的書本們共鳴的時候一樣……就像「那個時候」一樣……

我用顫抖的手拉開書包拉鍊，拿出淡藍色封面的薄書，用雙手捧到臉前，近得幾乎撞到眼鏡。

「夜長姬，是我啊！我是結啊！妳認得我嗎？」

人陷入書本太深就會中毒。

而且……書也會因為接觸了中毒的人而跟著陷入混亂。

夜長姬今天在中庭也聽見了若迫同學說的話，所以像圖書室那些書一樣引起了共鳴嗎？

悠人學長睜大眼睛看著我對書本大叫的樣子。

「夜長姬？妳聽見了嗎？回答我啊！」

『不知道。』

那縹緲的聲音把我嚇得面無血色。

『劈腿的人……我才不認識呢。討厭你。噗。』

聽到那天真可愛的聲音，我才鬆了　口氣。太好了，她還是平時的夜長姬。

「結，你的女友說了什麼？」

悠人學長問道。

「她說討厭劈腿的人。」

「結……你們小情侶的鬥嘴可以晚點再搞嗎？」

悠人學長一臉受不了的樣子，但我真的很慶幸夜長姬恢復正常了。聽到她說「不知道」的時候，我嚇到心跳差點停止。

咦？

對了，圖書室的書本也說過一樣的話呢。

——不知道。

——沒有人知道。

——不知道啦。

——不知道。

——隨便你。

然後是夜長姬被若迫引發共鳴時說的話。

——顛倒……看到的……

顛倒？

善與惡的顛倒。

顛倒的世界。

黃昏的烏鴉。

夜晚的黑暗。

——不知道。

「悠人學長，若迫同學一直都有摸臉的習慣嗎？」

「沒有啊。對耶，他最近好像經常摸著右臉。」

我的腦袋中有靈光閃過，泛紅的眼底緩緩浮出一個書名，這時悠人學長的手機突然震動。

他一看到手機螢幕，立刻站起來，開始打電話。

「我看到 Line 了。若迫呢？」

若迫同學發生什麼事了嗎！

悠人學長的語氣和表情都變得很嚴肅，他邊講電話邊走出去，還用眼神示意我跟著他。

我心跳加速，手心冒汗，正想把夜長姬放回書包時，我手中的夜長姬開口說道：

『我也要去。』

「可是……」

或許她又會被引起共鳴。

『如果你丟下我，我一輩子都不讓你翻了。』

夜長姬非常堅持，我只好把她放進口袋，跟著悠人學長跑出去。

搭電梯下樓時，悠人學長面色凝重地告訴我剛才那通電話的內容。

「若迫又跟學長吵起來了，然後發出怪叫跑出社團教室。」

聽說是之前那個抄襲作業的學長，在社團活動時把自己的工作丟給高一社員。

若迫同學在旁邊聽到了，又激動地大喊：

——我不能原諒不正當的事！

——這種事很平常吧？大家都會這樣做。

學長如此回嘴，若迫竟然渾身顫抖，發出「嗚哇啊啊啊啊啊」的怪叫。

若迫撲向了學長，粗暴地脫下對方的制服外套和襯衫，緊抓在手中，接著大叫著衝出房間。

——很平常！很平常！

他這樣喊著。

電梯門一打開，悠人學長就拔腿奔跑，我也跟著跑了起來。

跑到一半時，又有訊息傳進來報告若迫同學的蹤跡。若迫同學跑出音樂廳後，如同旋風奔向校舍，眼睛充血地衝上樓梯。

往上。

往上。

往上。

對了，如果讓若迫同學中毒的是那本書，他當然會發瘋似地往上爬。

如同在大雨之中，那個失去工作無處棲身的男人，為了在無路可走的困境中找出一條路而往上爬一樣。

我跑得太急，幾乎喘不過氣，眼前發昏，好像一不注意就會趴倒在地。

我和悠人學長之間的距離越拉越大。

混帳，給我好好地跑啊，我的雙腳！

腿變得好重，沒辦法隨心所欲地抬起。

我快要急瘋了，正喘得肩膀起伏時，突然聽見口袋裡傳出「不知道……不知道……」的冰冷聲音。我彷彿被這聲音引發了共鳴，眼皮底下浮現了血一般的鮮紅夕陽，以及像芝麻一樣灑在天空的一群群烏鴉。

難道夜長姬是為了讓我看到這景象，才故意引發了共鳴嗎？

烏鴉圍繞著屍體嘎嘎大叫，在空中畫出了黑色的圓圈。

下方是一座偌大的門樓。

朱漆斑駁的巨大圓柱上爬著一隻蟋蟀。

悠人學長兩步併作一步衝上樓梯，而我只能一階一階地慢慢爬。往上，往上。

除非要餓死在牆下或路邊，為了突破走投無路的困境，你別無選擇。

悠人學長到達了頂樓，打開天臺的門。

爬上去一看，屍體……

「若迫！」

悠人學長的喊叫聲鑽進了滿身大汗爬上樓梯的我的耳中。

「回來啊，若迫！」

悠人學長呼喊著若迫同學。我好不容易走到天臺，溼潤的風迎面吹來。天空被夕暮染成一片鮮紅，整個天臺和水塔都變成暗紅色的，宛如沾滿了血跡。

我依然喘個不停，站都站不穩，放眼望去，就看見若迫縮著身子，攀在水塔的梯子上。

悠人學長一直叫他快點下來。

像老人一樣腳步蹣跚、喘得肩膀顫抖的我也放聲大喊：

「若迫！我知道你在圖書室看的是什麼書了！」

若迫彷彿沒聽見我的聲音，張著嘴粗重地吐著氣，臉頰因恐懼而痙攣，緊緊地攀住梯子。

「你看的是芥川龍之介的《羅生門》！你是對《羅生門》中毒了！」

悠人學長轉頭看著我。

若迫同學的視線依然朝著上方，彷彿看到了什麼東西。

他看到的是烏鴉如芝麻般成群飛舞在血紅色的黃昏天空嗎？

還是羅生門上四處躺著屍體的景象？

「若迫，你說過你只看教科書，《羅生門》也有被收錄在課本裡，而且你對這個知名的故事一定很熟悉吧？那一天，你走進圖書室，經過文學全集的時候看到《羅生門》，就拿起來看了。」

為什麼若迫同學會拿起那本書呢？

一定是因為書對他低語：

『你看起來一副無路可走的樣子，要不要進來躲個雨啊？』

我想幫書本說幾句話。書並沒有惡意。

一般人本來聽不到書的聲音，但若迫同學的處境正好和《羅生門》的僕人很類似，就算耳朵聽不到，心也會感覺到，所以才會受到吸引。

「你當時一定為了當不上負責人的事非常沮喪吧？你進入管弦樂社，為了成為一年級的領導者而踏踏實實地付出努力，又深受學長們的信賴……此時卻有人散播了你在國中時代的不實謠言，讓你失去了被提名的機會。你一定覺得過去的努力全都白費了，也不知道今後該怎麼辦，前途一片黑暗。」

攀在水塔梯子上的若迫同學大叫：

「不知道！不知道不知道！不知道！」

悠人學長抓住梯子正想往上爬，我急忙制止他，又繼續說：

「《羅生門》的僕人也和你一樣，他被侍奉多年的主人遣散了，連棲身之處都找不到，他無路可走，在大雨中的羅生門下感到徬徨無助。」

僕人生活的京城因接連發生了地震、塵暴、火災和饑荒等災難，已經變得破敗不堪，羅生門淪為狐狸和盜賊的住所，連無人認領的屍首也會被丟到這裡來。因此，每當日落西山，就會有烏鴉被屍體吸引而來，在門樓上盤旋。

僕人在這可怕的地方思索著。

為了在無路可走的困境中找出一條路，就沒有選擇的餘地。

「僕人有想過乾脆自甘墮落去當盜賊，但他遲遲無法下定決心，雖然他知道只有這樣才能活下去，但又不敢真的去做，他無法拿出勇氣做壞事。」

若迫同學搖晃著梯子，尖聲叫道：

「壞事……我才不會做壞事……我絕不容許不正當的事！我跟那些人不一樣！」

若迫同學已經知道是支持他競爭對手的學長散播謠言，才害他失去被提名的機會。我不確定他是什麼時候發現的，當他發現的時候為時已晚。他就這麼輸給了使出奸計的競爭對手。

堅持當個好人沒有為他帶來任何好處。

他失去了一切。

既然如此，乾脆當個壞人吧。要更懂得玩弄心機，只要能得到好處，任何壞事都可以做……

或許他萌生了這個念頭，心中糾葛不已。

因為他是個認真的人。

「僕人爬上羅生門的高樓，是為了找個遮風避雨的地方安穩地睡覺，但他是不是還有其他理由必須這麼做呢？杵子的前方或許有他從未見過、也從未經歷過的恐怖事物，可是，如果去到那裡，或許可以改變些什麼。我認為他就是懷著這一絲希望而往上爬的！」

如果不當盜賊就會餓死，像野狗一樣被拖到門樓丟棄。

但他又不願意做壞事。

若迫同學對於堅持當個好人的自己感到懊惱，又不知道該不該當個壞人，遲遲下不了決心。

很在意右臉膿瘡的僕人也是滿心煩惱地爬上門樓。

若迫同學和僕人的苦惱互相呼應，因此那一天《羅生門》才會呼喚他。他拿起了《羅生門》，被僕人的猶豫引發共鳴，因而中毒。他時不時地摸右臉，想必是接收到了僕人在意右臉膿瘡的心情。

「門樓上雜亂地擺放著一具具屍體，到處瀰漫著腐爛的臭氣，還有一個像猴子一樣瘦弱的白髮老太婆在那裡，從女人的死屍一根根地拔下長髮。僕人認為老太婆的行為邪惡得不可饒恕，忘了自己也正在考慮去當盜賊，對她充滿憤恨。說不定正是因為他沒辦法下定決心做壞事，才會對老太婆的行為感到憤怒吧。」

僕人是覺得她的行為太邪惡嗎？

還是對她做起壞事毫不猶豫的態度感到憤恨？

我對僕人的心理似懂非懂，應該也有很多讀者不知道僕人的心裡是怎麼想的吧。

若迫同學一定也是……

「僕人憎恨老太婆的理由，你一定可以理解吧？你看到管弦樂社的學長毫不在乎地做出那些小小的壞事，一定憤怒到腦袋一片空白，覺得不可饒恕吧？」

若迫同學用力搖晃著梯子。

「我火大到了極點！但是……」

自己怎麼可以變得跟這些骯髒的傢伙一樣？既然覺得他們做了壞事，自己當然不應該跟著做。他越是否定那些人，就越沒辦法幫自己開脫，心中深受折磨。

此時的他仍承受著這種折磨。

「僕人舉刀對著老太婆，問她在這裡做什麼，老太婆回答是要拔死人的頭髮來做假髮。這個平凡的答案令僕人感到失望，同時也感到了厭惡和輕蔑。老太婆繼續對僕人說，她做的不是壞事，因為她如果不這麼做就會餓死，這是無可奈何的事。」

——這種事很平常吧？大家都會這樣做。

他質問學長怎麼可以把工作丟給高一社員時，學長這樣回嘴了。

聽在對《羅生門》中毒的若迫同學耳中，這是一個危險的信號。

老太婆認為做壞事也是無可奈何的。

學長聲稱這是大家都在做的事。

「僕人聽到老太婆這句話，就放下摸著膿瘡的手，說道：『那我就算搶了妳的衣服，妳也不該怨恨我，因為我不這麼做就會餓死。』他脫下老太婆的衣服，衝下樓梯，消失在黑夜之中。」

老太婆爬到樓梯口，頭下腳上地望向樓下，只看見一片黑沉沉的暗夜。

最後是一句「僕人的下落誰也不知道」，故事就結束了。

——顛倒……看到的……

夜長姬那句話指的就是這個場景。

老太婆從樓上探出頭，顛倒地往下看。

善與惡的顛倒。

「做了壞事的學長毫不在乎地說著『大家都會這樣做』的時候，你完全把僕人的心情投射在自己的心情裡，才會搶了學長的衣服跑掉……」

上方傳來野獸咆哮般的吼叫。

若迫苦悶地扭曲著身體，大聲叫著：

「嗚哇啊啊啊！嗚哇啊啊啊！嗚哇啊啊啊啊！」

「不好了，他抓狂了！如果用那種姿勢摔下來，一定會受重傷的！」

「慢著，再等一下……」

我擋住悠人學長的同時，自己也緊張得滿頭大汗，心臟跳得飛快，腦海裡依次浮現了鮮紅的天空和層層疊疊的死屍，眼底刺痛，鼻子彷彿聞到濃厚的腐臭，幾欲嘔吐。

屍體！腐爛的屍體！層層疊疊的屍體！爬著蛆蟲的屍體！散發著臭氣的屍體……

「嗚哇啊啊啊啊！要被吃掉了！被黑暗……被黑夜……要被吃掉了！要被吞噬了！嗚啊啊啊啊啊啊啊！」

若迫同學的叫喊聽起來就像我自己發出的聲音。

就在此時……

『結……結……不要陷得太深。如果你敢被我之外的書吸引，我就要詛咒你。我明明比其他的書殘酷百倍、恐怖百倍，也更有魅力啊！』

眼看我就要跟著被拖下去時，夜長姬那稚嫩的聲音拚命地喊著我。她一定是為此才堅持要跟過來的。

為了把我拉住。

謝謝妳，夜長姬。多虧有妳，我才沒有陷下去。

上方有東西翩然落下。

那是若迫同學夾在腋下的制服。他的右手放開了梯子，按著自己的臉，低著頭不停地發抖。

「危險啊！若迫！」

他根本沒聽到悠人學長的聲音，只是一直說著「要被吃掉了」、「要被吞噬了」。

僕人搶走了老太婆的衣服。

若迫同學搶走了管弦樂社學長的外套和襯衫。

徘徊在善惡之間的兩人越過了界線，選擇了作惡，消失在黑暗之中。

僕人的下落誰也不知道。

『不知道。』

『不知道啦。』

『不知道，不知道，不知道。』

夜長姬說的話。

圖書室書本們的共鳴。

『不知道。』

僕人的下落誰也不知道。

讀完最後一句之後，若迫同學的心中想必充滿了恐懼，彷彿會被冰冷的黑暗吞噬，墜落到無底的深淵。

如果真是這樣，我該告訴他的話只有一句。

「若迫！你覺得《羅生門》這部作品最棒的地方在哪裡？」

我大聲問著按住右臉、說著「好可怕，要被黑暗吞噬了」不停發抖的若迫同學。

「是簡潔而漠然的文章嗎？」

「是僕人的內心掙扎嗎？」

「是善惡的顛倒嗎？」

聽得到書本聲音的我，必須告訴對《羅生門》中毒的若迫同學。告訴他芥川龍之介這個鬼才嘔心瀝血寫的這個故事的本質！

「喔，多麼美妙啊！這個短短的故事竟能不斷地令讀者感到意外，糾葛不已，越陷越深。不愧是能流傳百年以上的暢銷作！可是，讓這作品變成永恆名著的是最後一句話！」

天空暗了下來，溼潤的風逐漸變冷。若迫同學不再喊叫，只是繼續發抖，右手依然按在臉頰上。

「『僕人的下落誰也不知道』——因為這一句話，才讓《羅生門》這部作品散發

出永恆的光輝。你看到最後一句話時是怎麼想的？有什麼感覺？」

我這番話就像扣下扳機，讓最後一句話和恐懼感同時浮現在他的腦海裡。若迫同學再次像野獸般大叫：

「嗚啊啊啊啊啊啊啊啊啊啊啊！」

「沒錯，你受到震撼之後，心裡充滿了恐懼。你是不是想像著僕人選擇作惡之後就被無盡的黑暗吞噬，墜落到無底的地獄？你是不是擔心自己也會像那個僕人一樣，無止盡地持續墮落，很害怕很害怕，害怕得不得了？」

「好可怕……是啊，好可怕……好可怕……」

若迫把頭靠在梯子上啜泣。若迫一直都很努力，最後卻失敗了……他進了高中後還是勤奮地努力著，這第二次的失敗對他來說實在太殘酷了。

今後無論再怎麼努力，或許也會像這樣失去一切。已經無路可走了。他不知道該往哪裡去。

「你曾經一臉灰暗地說自己沒有未來了。在你的心中，《羅生門》的僕人的未來也是消失在黑暗中就沒有下文了。可是，你知道嗎？這故事的最後一句話，芥川龍之介修改過好幾次。」

我從黑暗的深淵對縮著身子軟弱哭泣的若迫同學訴說著。沒錯，芥川龍之介也是在黑暗之中持續摸索與嘗試。他不斷找尋方法讓《羅生門》這部作品永遠刻劃在讀者的心中、找尋最適合的收尾。

「〈羅生門〉第一次發表在《帝國文學》的時候，最後一句話是『僕人已經跑進雨裡，急著去城外的小鎮當強盜了』。芥川第一短篇集的〈羅生門〉寫的也是『僕人已經跑進雨裡，趕往城外的小鎮去當強盜了』。之後過了兩年半，到了一九一八年，也就是大正七年，他的短篇集《鼻子》之中的版本才變成現在的模樣。」

僕人的下落誰也不知道。

「為什麼芥川龍之介會一再修改最後一句話呢？因為他一直在思考這個故事，我認為，那個左右為難糾結不已的僕人或許代表著他自己。大文豪芥川龍之介最後終於完成了要給所有讀者的最棒的一句話，那就是『誰也不知道』！」

若迫的右手依然貼在右臉上，肩膀和四肢都不停顫抖。只要再一下，再一下就行了！

若迫雖然對《羅生門》中毒，但他並沒有完全變成故事中的僕人。

他一直在抗拒邪惡，所以才會害怕自己選擇了邪惡之後會墮入黑暗的深淵。

對於真正的壞人來說，黑暗是能為自己提供掩護的好東西，害怕著黑暗的若迫一定還保有良善的心。

「你看到最後一句話，或許覺得眼前只有一片無盡的黑暗，但我卻感覺得到了解脫。」

若迫同學的肩膀猛然一震，停止了顫抖。

他現在的表情應該是訝異吧。

他讀了冰冷又恐怖的最後一句話只覺得害怕，怎麼可能會有人因此感到解脫？

「你覺得我在說謊嗎？但這是千真萬確的。對我來說，《羅生門》是一個男人在失去工作和棲身之處後，認為唯一的活路只剩做壞事，卻又無法鼓起勇氣，後來他爬上了羅生門，從一切糾葛之中解脫的故事。他消失在黑暗的後來怎麼了呢？一定是自由而勇敢地討生活吧。或許他開始為惡，靠著危險的無本生意賺了大錢，悠哉度日，又或許他從盜賊變成了武士的手下——看到最後一句話，會讓人忍不住冒出這種浪漫的想像。對我來說，《羅生門》就是這麼一個爽快的故事。」

僕人的下落誰也不知道。

正是因為不知道，所以看了這本書的讀者都可以自由地想像。

有多少讀者，僕人就有多少不同的未來，故事結局可以無限地擴展。

若迫同學依然背對著我，似是困惑似沉默不語，而我繼續說：

「不同的人讀了同一篇文章會有不同的感覺，也會有各種不同的詮釋。就算是同一個人，在難過的時候讀、高興的時候讀，或是在煩惱的時候讀，也會受到不同情節的觸動。所以我認為同一本書一定要重複地讀，你也再讀一次《羅生門》看看吧！不，應該要再讀兩次、再讀三次，繼續地讀下去！你每次閱讀一定都可以看到不同的未來！」

未來是不可能失去的。

在黑夜過後，就會看見清晨升起的太陽。

若迫同學按著臉頰的右手一點一點地慢慢放下。

希望他發現，他的臉上並沒有膿瘡。

希望他發現，能為他決定未來的只有他自己。

「沒有勇氣做壞事的僕人為了得到改變而爬上羅生門，在他一步步往上爬時，在他想要改變時，他就已經開始改變了。若迫同學，你也一樣！你看了《羅生門》而陷入糾結時，你已經在改變了！無論是善還是惡，你都可以自由地選擇！沒錯！你已經解脫了，自由了。不需要害怕！未來有無限的可能！就像僕人在黑暗中毫不猶豫地奔跑一樣，你的故事才正要開始！」

啊啊，原來如此。

我在圖書室聽到書本們異口同聲說著「不知道」的時候，裡面夾雜著一個老邁的聲音。

『隨便你。』

那一定是《羅生門》的聲音。

它讓煩惱的高中生中毒後，擔心地對他提出了建議。

未來是由你選擇的。

若迫同學的右手頹然垂下。

悠人學長緊張地攀住梯子，但若迫同學並沒有摔下來，他重獲自由的雙手又握緊梯子，不是向下爬，而是開始向上爬。

沒錯，往上。

往上。

往上。

一步步地接近星辰剛開始閃爍的明亮藍色天空。

『隨便你。』

『你選擇的未來才是真正的未來。』

《羅生門》的聲音一定傳到了若迫同學的耳中。即使他聽不到，或許還是感覺得到。

若迫同學有力的腳步一階一階地往上爬。

他爬上水塔的頂端，跨開雙腳站在上面，看起來非常地自由。他把雙手高高舉向天空，而後笑了。

「我第一次爬到這麼高的地方。啊哈哈，天空好近，好像抓得到星星。太舒暢了！」

他暢快地說完，又露出笑容。他看著從水塔下仰望著他的我們，眼神就像星星一樣閃耀。

像在跟朋友聊天一樣，他對我們說：

「你說《羅生門》是讓人感到解脫的故事，我好像知道這是什麼意思了。這樣詮釋也有道理。謝謝你，榎木！我會再讀一次《羅生門》！或許會像你說的一樣看到不同的故事！」

「若迫放開梯子的時候真是把我嚇壞了，還好我有找你來幫忙。」

◇　◇　◇

三天後。

在音樂廳的來賓室裡，悠人學長再次向我致謝。大理石桌上擺著一個三層點心架，上面盛放著司康餅、三明治、迷你一口蛋糕和巧克力，看起來閃閃發光，很吸引人。

「我今天在走廊上碰到若迫同學，他很有精神地向我打招呼呢。社團裡的情況怎麼樣？」

雖說他是因為中了書毒才變得怪怪的，但他搶走學長衣服又怪叫著狂奔，不知道他會不會很難繼續待在社團裡。

「喔喔，不能說完全沒問題，但我覺得情況還好。我已經公開了有人散播若迫謠言的事，也提議重新考慮提名若迫當負責人，但若迫自己拒絕了，他說只要最後能當上社長就好。看來他還不打算放棄。他想開之後變得更有韌性了，將來很值得期待喔。」

悠人學長笑咪咪地說道，連我也覺得很興奮。

嗯，若迫同學的未來一定很光明。

「對了，如果若迫從善惡的糾葛之中解脫，變得自由之後，開始往邪惡的那條路狂奔，那你要怎麼辦？」

「那也是一條路啊，善惡是會根據時代或情況而改變的，而且若是世上完全沒有邪惡，書本也會變得很無聊吧。」

「說不定你才是最壞的大壞蛋。」

「咦？怎麼這麼說嘛。」

我拿著抹了滿滿鮮奶油的司康餅睜大了眼睛，悠人學長興致盎然地看著我。真是的，誰才是壞人啊？

我隔天去了圖書室跟《羅生門》打招呼。

我說「謝謝你提供的建議」之後，它用厚重的聲音回答：

『不知道哪。』

至於在天臺上支撐著我的淡藍色書本……

『結……好慢啊。你對我的愛還不夠。』

回到家後，她在書桌上迎接我。那可愛的聲音令我的腦海裡浮現了身穿高雅藍色和服的公主殿下正端正跪坐，發出一聲「噗」，不高興地把臉轉開的模樣。

「對不起啦，悠人學長把我叫到音樂廳談談了。」

『又是其他書的事？』

「不是啦，他是跟我說若迫同學恢復精神了。」

『真的……只有這樣？真是的……你不可以再跟那個人扯上關係喔。』

她再三叮嚀的模樣也好可愛，我不禁露出微笑。

「沒問題的啦。期末考也考完了，我現在有很多時間跟妳說話了。」

那清冷的聲音裡夾雜了一絲欣喜。

『你做了那麼危險的事，害我操心，你得跟我道歉才行……你要一直跟我在一起喔。』

啊啊，我的女友今天還是這麼可愛，真是太幸福了。

雖然我還不像若迫同學一樣對未來擁有明確的展望，但只要我的書包或口袋裡有這冰冷恐怖又可愛的淡藍色書本，我的未來一定會很光明的。

第四章

《十五少年漂流記》淘氣過頭的夏天

『我想去冒險。』

如少年般活潑開朗的聲音這麼說道。

『好比說一群小孩流落到無人島，挖洞穴當房子，釣魚打獵，撿貝殼採果子，過著自給自足的生活，在島上探險，乘著風箏飛上天，英勇地對抗壞人——我好想做這種驚險刺激的事啊！』

我心想「那根本就是寫在你裡面的故事嘛」，一邊傾聽著它熱情奔放的聲音。暑假剛剛開始，鎮上的圖書館為了方便孩子和學生寫暑假作業的讀書心得，特別規劃了一個夏季推薦書目專區。

對我說話的書正出自這個專區，封面上畫著一群男孩拿著槍和望遠鏡，這大概是剛添購的新書，封面還閃亮亮的。

書名是《十五少年漂流記》。

這是法國作家儒勒·凡爾納在十九世紀末寫給孩子看的冒險小說，原名是《兩年的假期》。在說話的那本書是為了讓小孩比較好讀而改編得比較簡單的兒童版，一旁還有精裝版的《十五少年漂流記》。這本精裝版已經很舊了，封面脫落，內頁泛黃，又厚又重，它一直安靜沉默，不知道是受不了剛出生的新書嘮叨地說個不停，還是寬容地覺得年輕的書多話也是應該的。

『我只是碰巧生為一本書，但我的體內可是流著探險家的血液。別躲在安全的冷氣房裡，丟開書本出海去吧！喂，戴眼鏡的大哥，你聽得到我的聲音吧？把我帶出去，一起冒險吧！』

聽到它熱情的呼喊，我在心中默默想著「不好意思，我喜歡室內活動」，接著就離開了。

原本應該這樣就結束了。

「無人島冒險？不錯耶。」

我跟悠人學長聊到遇見一本怪書的事，他就興奮地傾身靠過來這麼說。

「反正現在是暑假，我也知道幾座無人島，可以去問問看。我之後會再告訴你日期，你就去借那本《十五少年漂流記》吧。」

咦？啊？

他說無人島？咦？咦咦咦咦？

悠人學長輕鬆得彷彿在說「我知道一些住宿的地方，交給我吧」，而且說得好像我也要去的樣子。在我還驚魂未定時……

「我認識的人有一座沒在用的無人島，對方說可以隨我使用。」

當天就接到了悠人學長的通知。我原本預定要在冷氣房裡盡情看書的暑假，如今卻要在無人島度過了。

◇　◇　◇

三天後。

在滔天巨浪和傾盆大雨之中，我死命地攀在船緣大喊：

「為什麼要挑天氣這麼差的日子出海啊啊啊！而且還換了這麼小的船！」

搭乘姬倉家的大遊艇出海時，我原本覺得很放心，覺得這麼豪華的船應該不用擔心風雨的問題。遊艇裡有軟硬適中的沙發，坐起來很舒服，而且還不會暈船。

到了晚上，風雨開始增強的時候……

「好啦，接下來我們得自己去了。」

悠人學長如此說道，我們接著搭上連屋頂都沒有的小船，在洶湧的大浪之中駛向無人島。

不用自己划船可說是不幸中的大幸，但負責駕駛的悠人學長竟然說：

「我上個月剛拿到動力小船駕駛執照。」

那不就是新手駕駛嗎！

原來高中生也可以考開船駕照。

「哇！浪從旁邊打進來了！船上都是水！」

「冷靜點，榎木。用桶子把水舀出去吧。」

把桶子遞給我的是悠人學長擔任指揮的管弦樂社的學弟、和我一樣是高一生的若迫。

他也是被悠人學長邀請來參加這趟離譜旅行的。

船搖晃得這麼厲害，海水都灌進來了，他卻還是一樣冷靜，拿著水桶把海水舀到船外。

「雖然槍桿斷了，只要速度不減就行了，交給我吧。」

悠人學長模仿《十五少年漂流記》的角色說道。

「這艘船根本沒有桅桿吧！」

「榎木！小心後頭的浪！抓穩了，別被浪給捲走了！」

「若迫不要也跟著演啦……啊，浪真的來了！」

我回頭望去，一波大浪像張開雙臂的黑熊矗立在我眼前，隨即撲了過來，我的口鼻都灌入鹽水，頭痛得像是被打了一拳。

船裡面都是海水，要是再湧來一陣大浪恐怕就完了，說不定會沉船。我對抗著這種恐懼，一邊拚命地用水桶舀水倒出去。

我的帽T口袋裡發出開心的聲音。

『剛才那波大浪太帥了！就是這個啊！我想要的就是在圖書館的箱子裡絕對無法體驗的這種刺激冒險啊！』

用塑膠袋緊緊裹住以防弄溼的《十五少年漂流記》——十五弟弟——興奮得不得了。

『在這個場景中，莫可被纜繩纏住脖子，差點窒息而死，柏利安一看到就抽出小刀割斷纜繩，救了他一命。結！你要不要也去找一條繩子纏在脖子上啊！』

我一時之間真想把十五弟弟丟進海裡，但是大浪又打了過來，我只得賣力用水桶把水舀出去。

「嗚哇啊啊啊！我不希望新聞報導『三名高中男生在暴風雨的夜晚翻船溺死』啦啊啊啊！」

我淒厲地大喊。

『太棒了！去吧去吧！』

才不要咧！可惡！

◇　◇　◇

「我真的以為會死掉耶。」

天亮時到達陸地後，我坐在沙灘上恍惚地說。

「其實無人島距離不遠，但是看到你嚇成那副德行，我就特別為你多繞了一陣子。看來你已經盡情欣賞了『暴風雨的海上船難』，真是令我開心。」（註1）

悠人學長帶著爽朗的笑容，說出了令我大為驚愕的話。

我才不想欣賞那種景象咧！

若迫不像我這麼激動，十分冷靜地把行李從船上搬下來。

「睡覺的地方要怎麼辦？這裡有塑膠布，或許可以搭個簡單的帳篷。」

他對悠人學長說道。

「帳篷啊……我本來想找個洞穴，不過搭帳篷也不錯。」

「啊，可以去河邊打水，煮過以後就能喝了。不過我們得先撿樹枝來生火……」

「你很懂耶，難道你住過無人島嗎？」

「怎麼可能嘛。我從小學到國中都是童子軍，每年都參加露營，所以早就習慣了。」

「這樣啊，真可靠。」

聽見悠人學長的稱讚，若迫非常開心。如果悠人學長是勇敢又有領導能力的主

註1　法國畫家韋爾內的名作「Le naufrage」。

角柏利安，那若迫就是沉著冷靜的柯爾登吧？不對，他應該是對柏利安忠心耿耿又能幹的實習水手莫可。至於我嘛，頂多只是配角中的小跟班吧。

「那搭帳篷的工作就交給若迫吧，結也去幫他的忙。我會負責找尋食材。」

悠人學長說完就從行李之中拿出一把來福槍，把我給嚇傻了。

「等一下！這違反了槍砲管制條例吧！」

「不用擔心，我都有定期在國外的射擊場練習，技術好得很。結，你知道嗎？在美國還能買到為六歲兒童製作的槍枝喔。」

這裡是日本啦！我本來想這樣說，不過……難道這裡不是日本嗎？當我正在懷疑時，口袋裡傳出聲音：

『好耶！多抓點獵物回來吧！今天就喝兔肉湯！』

十五弟弟一個勁地鼓舞著。

「不行啦！雖然柏利安他們都用槍打獵，但我們不能這樣啦！再說就算抓到了鳥或兔子，我也沒辦法處理啊！光是想到要拔羽毛或是兔毛，我就……嗚哇啊啊啊啊！」

我抱住自己的身子瑟瑟發抖。

「還是不行啦！真的要抓的話就去抓魚吧！」

我這麼要求著。

「難得來到無人島耶……而且我也沒有準備釣竿。」

悠人學長似乎覺得不能用槍很遺憾，但若迫幫忙說話了：

「釣竿和釣鉤用樹枝或藤蔓就做得出來了。至於釣魚線，可以拆開纜繩做成細線，這個我來做吧。」

「是嗎？我也想做做看，你可以教我怎麼做嗎？」

「好的。也可以在河裡裝設漁網。」

「真不錯，那個也教我做吧。」

悠人學長對捕魚的方法很感興趣的樣子，令我鬆了一口氣。

『咦？不去打獵嗎？我想吃鴨排啦！滴著鮮亮油脂的鴨排！』

十五弟弟如此嚷嚷著。可是他又不能吃。

總之，我們開始在無人島生活了。

悠人學長拿著若迫教他做的釣竿去釣魚時，若迫和我就負責搭帳篷、撿樹枝、架灶生火。

若迫非常能幹，做事效率比我高十倍。

他真的很像莫可耶。

「有你在真是太好了，如果只有我和悠人學長來，一定會變成他去打獵，而我流著淚拔兔毛。話說回來，沒想到你會同意來無人島玩《十五少年漂流記》的計畫，我就沒辦法了。」

「榎木，你不想來嗎？」

「我只喜歡室內活動。」

「是嗎？悠人學長說這是你提議的呢。」

「我才沒有提議……我只是提到《十五少年漂流記》的故事，悠人學長就說『不錯耶』，立刻著手準備了。」

「喔喔，你說過你跟悠人學長是書友。」

「嗯，算是吧。」

若迫還不知道我可以跟書對話的事，但是他因為《羅生門》那件事而非常感謝我，後來也跟我熟絡起來了。

「悠人學長會邀請我來，大概是擔心我在管弦樂社的處境吧。因為暑假之前發生了那些事，直到現在還有不少社員把我當成發起飆來就搶了學長衣服大聲嚷嚷著跑走的詭異傢伙，所以悠人學長作為管弦樂社領導者，才會率先跟我說話，私下邀我一起度假，向大家表現出他很信賴我。」

若迫感激地說著，多虧悠人學長的幫忙，讓大家至少不會再公開說他的壞話。

「悠人學長並不只靠理事長兒子的頭銜，他本身的人格和能力也符合了領導者的地位，所以大家才會那麼信服他。」

我感覺若迫已經把悠人學長奉為神明了。

他果然不是柯爾登，而是莫可。

帳篷和灶都搭建完畢了，我們正在生火煮水時，悠人學長回來了。

「你們看，大豐收喔。」

他喜孜孜地向我們展示水桶裡的幾條魚。我在音樂廳的來賓室見到悠人學長時，他一直是散發著貴族氣息的王子殿下，但如今他穿著半乾的襯衫、袖子捲起、穿短褲、打赤腳，手拿自己做的釣竿、提著水桶歡笑的模樣，簡直就像個調皮的小學生。

「哇，好厲害，竟然釣到這麼多！」

『大豐收！大豐收！』

十五弟弟也興奮地叫道。

『我也想去釣魚！我也想去釣魚！』

好好好，下次吧。

「若迫，我想把魚串起來烤，該怎麼做呢？」

「要先清除內臟。如果有免洗筷是最好的，沒有的話也可以用樹枝代替。把樹枝從魚嘴裡插進去轉動，就能把內臟挖出來了。」

「好，我來試試看。結也要一起來嗎？」

「不用了，我不敢碰內臟，我喜歡室內活動。」

「別這麼說嘛，難得來到無人島耶。來吧。」

悠人學長去撿了適合的樹枝，也遞給我一根。口袋裡的十五弟弟嚷嚷著：

『上啊！挖出內臟吧！』

嗚嗚……至少不是叫我去拔兔子毛。

「喂，魚是活的耶！還活跳跳的耶！」

「是啊，還在撲撲跳呢，很新鮮吧。」

悠人學長說著就抓起一條魚，把樹枝插進魚嘴裡。

「啊，悠人學長，一次插兩根會比較好用喔。給你。」

「咿呀啊啊啊！」

「謝啦，若迫。」

他接過若迫拿來的第二根樹枝，又插了進去。

「哇啊啊啊啊！」

「結，你在叫什麼啊？」

我才想問你為什麼可以那麼乾脆地把樹枝插進去咧！嗚哇！他開始轉動樹枝清理內臟了啦啊啊啊！

「很好，果然清得很乾淨。好啦，結，你也快動手吧。」

『清內臟清內臟！快一點！』

「嗚嗚嗚……」

我把手伸向在桶子裡撲撲跳的魚，一摸到那滑溜的觸感，我就冒起了雞皮疙瘩。

「嗚哇！嗚哇！嗚哇！」

我哭喪著臉把兩根樹枝插進想要逃跑的魚兒口中，轉了幾下，原本撲撲跳的魚漸漸不動了，攪得血肉模糊的內臟帶著腥臭味被拉了出來……

「嗚哇！」

「咿呀！」

「嘎啊！」

在這段期間，我不停地發出慘叫。

『好厲害！』

『挖出好多喔！』

『結，接下來挖那條大的！』

十五弟弟也一直開心地叫著。

我這輩子再也不敢吃魚了……

雖然我心中這麼想，但是清除了內臟、插進樹枝做的長籤後，灑上從船上拿來的鹽巴放在灶上烤的魚，美味的香氣撲鼻而來，讓我的肚子咕嚕叫個不停。

啊……好香的味道。

哇，皮都烤得脆脆的了，好像很好吃。

油脂一滴滴地落下……唔唔唔。

「應該烤得差不多了吧。榎木，小心燙到喔。」

若迫把一條剛烤好的熱呼呼烤魚遞給我。悠人學長拿起最大最肥的一條，從魚頭開始吃。

「太棒了，比米其林餐廳吃到的更美味。」

他一吃就讚不絕口。

我也抗拒不了從手中散發的香味，從中間咬了一口。

「哇！」

「結，怎麼了？」

「榎木，你咬到石頭了嗎？」

『這魚有毒嗎!?』

我渾身顫抖地說：

「……可惡，真好吃。」

「我就說嘛。」

「別嚇我啦。」

『我也要吃！我也要吃！』

氣氛一下子變得非常溫馨。

若迫用香菇、香草和罐頭豆子煮的雜炊也非常好吃，讓我一吃就停不下來。

太陽下山，夜幕降臨，天空掛滿了閃耀的星星。

「哇塞……所謂灑滿鑽石般的夜空就是在形容這種景象吧。」

我在沙灘上烤著火，邊睜大眼睛望著天空。

在都市裡絕對看不到這麼多星星。

若迫指著天空說：

「那個是天鷹座，旁邊的是天琴座，那邊的是天鵝座。」

『天鷹座、天琴座，還有天鵝座！』

十五弟弟興高采烈地說道。

悠人學長也很愉快。

「我有個提議，既然要一起生活，就該有個領袖吧？要不要來選總統啊？」

他如此說道。

或許是因為《十五少年漂流記》裡也有選首領的情節，他才會這樣提議。不過書中有十五人，而我們只有三個人。

是說根本不需要選，高三的悠人學長已經很有領導者風範了，有必要搞什麼選舉嗎？難道他很想聽我們說「嘿，總統大人」嗎？

雖然有一大堆能吐槽的地方，但若迫一聽悠人學長這麼說就立刻開心地附和：

「好啊，來投票吧。」

我口袋裡的十五弟弟也興奮地叫著：

『選總統囉！』

算了，隨便啦。

投票方式是在石頭上畫記號。

悠人學長的記號是一條線，若迫是兩條線，我是三條線。

『我也要！我也要！』

十五弟弟如此吵鬧著。

「你這次就別參加了。」

我一邊出言安撫，一邊把石頭放進水桶。

所有人（說是這麼說，其實也只有三個人）都放了石頭以後就直接開票。

結果一條線的石頭一顆，兩條線的石頭一顆，三條線的石頭也是一顆……

哎呀呀……

我們盯著三顆石頭好一陣子。

悠人學長噗哧一笑。

「平手了呢。」

「要再投一次嗎？」

「不用了，全都當總統就好了。」

「這樣也不錯呢。」

十五弟弟聽了就開心地大喊：

『那我也是總統囉？太棒了！』

第一天就這樣結束了。

◇　◇　◇

第二天、第三天，我們繼續在無人島生活，諸如找尋食材、在島上探險、製作木筏及試乘、被潛在海裡看到的藍天深深感動、掛在樹上的藤蔓扮演泰山。

只喜歡室內活動的我大概用完了一年份的體力，累得幾乎虛脫。可是一大早在河裡洗臉的感覺真的非常爽快，我也差不多習慣清除魚內臟了，若迫做的燻肉和蛤蜊湯及香草烤魚都很好吃。

第四天。

天還沒亮我就醒來了，卻沒有看到悠人學長。

我戴上眼鏡走出帳篷，發現他抱膝坐在岸邊看海。

大海和美男子的畫面真是賞心悅目啊……如果現在有女生經過，一定會對他一見傾心吧。不過，我感覺氣氛似乎有些嚴肅。

「學長在做什麼啊？」

我走過去問道。

「我想看太陽從海平面升起來。」

他笑著回答。

「這樣啊。」

「難得你這麼早起，你也一起看吧。」

「喔，好啊。」

我在悠人學長身邊坐下。

和校園王子在無人島一起坐著看日出……一年前的我根本無法想像這種事。我們是因書本而認識的，但我現在還是無法相信自己能和悠人學長說話。

我有時還會想，我怎麼有辦法跟這個人輕鬆地聊天呢？

身旁的悠人學長喃喃說道：

「……我有一件事沒有告訴你們。」

我轉頭一看，他俊美的側臉蒙上了陰影。我心中暗暗一驚。

怎麼突然這麼說呢？

「結……我做的那件事……或許你可以原諒……但是大家……」

天不怕地不怕的悠人學長竟然變得這麼膽怯，還把臉埋在膝蓋之間，到底發生了什麼事！

難道他用那把來福槍射過人嗎？還是更加嚴重、憑我們這種平民完全無法想像的罪行……

「悠人學長，你就說吧，我一定會盡力幫忙的。」

「……把纜繩解開的人……是我。」

「啊？」

纜繩？

「本來就是你解開的啊。你當著我們的面解開，還說『好，接下來就要改搭這艘船囉』……等一下，你是在模仿杰可嗎？」

我想起了柏利安的弟弟杰可向大家坦露埋藏在心底很久的罪行的那一幕。

「啊，你看出來了？」

「當然啊！害我為你這麼擔心，我真是笨蛋。」

「抱歉抱歉，我只是想演演看嘛。」

悠人學長把頭抬起來，「啊哈哈」地笑了。

「悠人學長，你來到這裡以後很放鬆、很瘋狂呢，我本來覺得你成熟穩重，但現在我已經對你改觀了。」

「哈哈……因為很快樂嘛，自然就變成這樣了。」

說完以後，他有些寂寥地說：

「因為我在學校裡是『姬倉家的人』，如果我打著赤腳跑來跑去，釣到大魚就興奮地大呼小叫，大家一定會嚇到的。」

的確，如果他在學校裡釣魚，還打赤腳在走廊上奔跑，大家當然會嚇到。

悠人學長在學校裡好像總是一副氣定神閒的模樣，愛做什麼就做什麼，其實並不是這樣嗎……他此時的表情和語氣令我不禁這麼想。

他在學校裡赫赫有名，走到哪裡都會受人矚目，要不斷滿足眾人對自己的期待，學長承受的壓力一定遠超乎我這個不起眼的眼鏡男所想像。

「所以我能在這裡和你們這樣相處，真的很開心。」

難怪悠人學長一開始就那麼躍躍欲試。

或許他心中已經累積了很多壓力。就算我問他，他多半也只會笑著敷衍過去吧。

他能放鬆一下真是太好了。

「我倒是沒料到自己也很享受呢。」

「嗯，我也這麼想。」

悠人學長露出了微笑。

「對了，選總統的時候，學長把票投給我了吧？那是怎麼回事？」

「你發現啦？」

「因為若迫不可能投給學長之外的人。」

「也就是說，你投給了若迫？你覺得若迫比我更有領導能力嗎？」

「讓學長當領袖太理所當然了，一點都不好玩。學長會投票給我應該也是因為這樣比較好玩吧？」

「嗯，或許吧。」

果然如此。

「不過你一到緊要關頭就會變得很可靠，而且你還是我的救命恩人。」

他平靜的話語中帶有能敲響心靈的厚實重量。

我的表情也正經起來了。

悠人學長和我相識於一樁可怕又美麗的沉痛事件。

被一本書魅惑、同化，因而一再犯罪的她現在在哪裡呢？她在想些什麼呢……

好想見夜長姬啊……

一想起留在家裡那淡藍色封面的薄薄書本——我冷漠又可愛的女友——我就突然覺得好懷念。

叫公主殿下到無人島生活實在太勉強了，所以不能帶她來，她聽我這麼說之後就不跟我說話了。

她很愛吃醋，只要我看其他的書，她就會怨恨地喃喃念著「不可饒恕」。如果她和我一起旅行，一定會大發脾氣的。

——絕不原諒……給我去做苦役……詛咒你，詛咒你，詛咒你。我要每天下咒，讓你的眼睛再也不能看我之外的東西。

我想像著她正襟危坐在鋪著蕾絲手帕的床上念念有詞，就感到背脊發涼。唉，該怎麼做才能讓她消氣呢？

即使如此，她為我離開而生氣總是比傷心好。

——結……我好寂寞，好想見你……

想到那天真眼眸盈滿淚水的模樣，我的心都要碎了。

我也好想快點見到妳。

好想翻妳……

帶著些微的憂鬱，我看著朝陽在海平面上映出扇形的光暈，天地間逐漸明亮起來。

◇　◇　◇

事情發生的這一天，是第四天。

黃昏時，我剛採了可食用的香菇和果子，卻在回程中聽到一個女性的聲音在求救。

「不要，不要啊，誰來救救我啊！」

我朝聲音傳來的方向走去，從樹叢中悄悄望去，發現有個穿夏威夷花襯衫、戴墨鏡的男人拿著一把大鐵鍬在挖洞。

這座島上不是只有我們嗎？

「你不是一直說我很可愛嗎？請你再考慮一下，拜託你！」

旁邊放著一個有輪子的大行李箱，聲音就是從裡面傳來的。

難道裡面關著一個女人？

那個有著大肚腩、年約五十出頭的男人大概是挖洞挖累了，喘著氣說：

「休息一下吧。」

他拖著行李箱移動。海邊停了一艘遊艇，他把行李箱拖了進去。

口袋裡的十五弟弟叫著：

『結，那傢伙是壞人。那個大姊姊會被殺掉的，快去救她啊！』

我也很心急，連忙跑回去找悠人學長他們，敘述了我看到的情況。

「有個女人被關在行李箱裡，可能會被活埋。」

若迫露出訝異的表情。

悠人學長也皺緊了眉頭。

「你說在挖洞的是穿著夏威夷花襯衫、戴墨鏡、年紀五十出頭、有著大肚腩的男人？旁邊還有其他人嗎？」

他向我確認。

「沒有，海邊沒看到其他人，遊艇上就不知道了。」

「該怎麼辦？悠人學長？」

悠人學長沉思片刻後，一臉認真地說：

「來放風箏吧。」

「啊？」

◇　◇　◇

在《十五少年漂流記》裡，有一段孩子們為了調查來到島上的壞人的位置，而搭乘巨大風箏飛上天空的情節。

柏利安搭乘吊在風箏上的籐籃飛上天，用望遠鏡俯瞰地面。

他們把風箏取名為「空中巨人號」。

「說到《十五少年漂流記》就是要放風箏，所以我早有準備。能派上用場真是太好了。」

放在船上的巨大行李就是組合式的風箏，尺寸大到可以讓一個人趴在上面，下方綁了長長的繩子。

「一點都不好。我們已經知道夏威夷男在哪裡了，有必要搭風箏去調查嗎？一般來說應該是要報警，或是悄悄地去打探吧？」

我提出了比較合理的建議，悠人學長卻乾脆地反駁：

「等警察來到這裡，那個女人可能已經死了，而且沙灘上沒有地方可以躲藏，太危險了。現在就快要天黑了，從空中調查一定不會被發現。」

「才怪，一定會發現！太可疑了！」

我極力反對，但若迫卻說：

「既然是悠人學長的意見……」

十五弟弟也自告奮勇地大叫：

『我要搭！』

「兩票對一票，提議通過。那就拜託你囉，結。」

「是我要上去嗎？」

「我們之中最輕的就是你嘛。」

「就是說啊。」

「若迫不要附和啦！」

『上啊！結！我也要一起上去！』

你給我閉嘴！

「這應該是主角柏利安的工作吧？我頂多只是柏利安的弟弟杰可，我辦不到啦！」

當杰可為了贖罪而自願搭乘風箏時，柏利安說道：

『不，杰可，要上去的是我。』

『杰可犯的錯由我這個哥哥來彌補也是一樣的。我想出這個計畫的時候，已經決定要自己上了。』

這才是表現出主角風範的帥氣場面啊。

「你看，柏利安也說自己想的計畫應該自己去做！如果一定要搭乘風箏的話，應該是提議的悠人學長去啊！」

悠人學長把雙手按在我的肩上，語氣充滿信任地說：

「結，在我的眼中你就是柏利安。好了，快準備吧。」

◇　◇　◇

為什麼會變成這樣啦啊啊啊！我的哀號沒有被聽進去，身高和力氣都比我大的兩個人把我綁在風箏上，我瘦弱的身軀乘風飛上了夜空。

『上啊上啊！空中巨人號！』

口袋裡的十五弟弟興奮得不得了。

「嗚哇啊啊啊！好高！太高了！」

放在另一邊口袋裡的手機傳出悠人學長和若迫的聲音。

「結，怎樣？看到什麼了？」

「誰還顧得了勘查啊〜〜〜〜！」

在書中，藤籃只有一開始搖晃得很劇烈，後來都感覺不到任何危險；但可能是因為我直接被綁在風箏上，隨著風左搖右擺，非常不穩。

我沒辦法想像自己騎著怪鳥優游於童話故事中的世界，而是緊張得心臟快要從嘴裡跳出來，很擔心自己會摔下去。

為了盡快回到地面，我一手抓著望遠鏡，努力地勘查。

在我們搭帳篷的營地的對角線岸邊，停放著我傍晚看到的遊艇。

穿夏威夷花襯衫的男人正在拖著行李箱。現在是晚上，他沒有戴墨鏡。他眼神銳利，長相非常凶惡。

從空中聽不到地面的聲音，行李箱裡的人不知是否平安無事？

男人走到挖了一半的洞穴前，繼續拿著鐵鍬挖洞。

我對著手機叫道：

「那個男人剛剛走出來，正在挖洞！」

「好，我知道了。我和若迫現在就過去，你繼續監視。」

「咦咦咦咦咦咦咦！讓我下去啦！」

是說他們兩人如果過來，那不就沒人控制風箏線了嗎？

我要怎麼下去啊！

『結，我也要去那邊抓壞人！』

十五弟弟英勇地說道。

「不行啦。」

我剛說完，就吹來一陣強風，我的身體猛然一傾。

「咦！哇！等一下！」

我死命掙扎，想要找回平衡卻更歪斜了，風箏開始在空中打轉。

「哇啊啊啊！快停下來啊啊啊！」

「結，怎麼了？」

「我要摔下去了啦～～～～～～」

我在大叫的時候，已經開始下墜了。

『要上囉！可惡的壞人！』

十五弟弟驍勇大喊的聲音和我的慘叫互相呼應。

「哇啊啊啊啊啊啊啊啊啊啊！」

我和背後的風箏很快就掉到了沙灘上。

我的臉和眼鏡都沾滿了沙子，或許是風箏減緩了落下的衝勢，我並沒有受傷，真是鬆了口氣。此時附近傳來一個聲音說：

「你、你是誰啊！」

我從沾滿沙子的眼鏡望出去，看到穿夏威夷花襯衫的男人一手抓著鐵鍬，凶惡地瞪著我。

『是那個壞人！』

十五弟弟叫道。

竟然好死不死掉到他面前，我的運氣未免太差了吧！

「那個，我是來島上露營的……」

「露營？這裡明明是禁止進入的！」

此時行李箱裡又傳出聲音。

「救命啊！我要被活埋了！」

是我傍晚聽到的女人聲音！

「那個行李箱裡裝了什麼？」

「你說什麼？」

男人的表情變了，他先是愕然，接著轉移目光，一副心虛的樣子。

「幹麼這樣問？」

「我聽到有女人的聲音在喊救命。」

「有聲音……？」

男人的視線移了回來，凶惡地瞪著我。這下子危險了啦！

『結，上啊！給他一拳！』

十五弟弟慷慨激昂地吆喝，我做不到啦～～～

話雖如此……

「請讓我看看行李箱裡面。」

我竟然還這樣要求，真是瘋了！

男人的表情越來越難看了。

「不行。」

他說著邊朝我走來。哇啊啊啊啊……

「草壁先生。」

悠人學長的聲音傳來，男人驚訝地轉頭。

悠人學長和若迫出現在我眼前。

你們總算來了！

可是，情況怎麼怪怪的？

「悠、悠、悠人！你怎麼會在這裡！」

男人驚慌地問道。

咦？他跟悠人學長認識嗎？

「我跟學弟在島的另一邊露營。您夫人沒跟您說嗎？」

「啊，那個……我跟老婆不太會談這種事。」

「嚇到您真是抱歉。結，若迫，這位就是這座小島的主人，草壁先生。」

什麼！這個夏威夷男竟然是地主！

「對了，草壁先生，您怎麼會來這裡？」

「這這這這是因為……！」

「您好像正在挖洞，這是做什麼用的啊？」

「呃，這個……」

「可以請您打開那邊的行李箱嗎？如果有什麼嚴重的情況，我們可能需要報警。」

慌張的男人突然強硬起來。

「不，不行！不行！不行！不能讓你們看！」

「救命啊！」

我又聽到聲音了！聽得清清楚楚！

我衝向行李箱，打開鎖扣。箱子沒有上鎖，我立刻就打開了。

裡面是幾十個穿著泳裝的女人……咦？

『救命啊！我不要被活埋！』

『你明明一直說我很可愛的。』

『你要拋棄我們嗎？你已經厭倦我們了嗎？真過分！』

放在行李箱裡的不是女人，而是偶像的寫真集。

幾十本都是同樣的封面。

我也認識那位玉女偶像，在暑假將近時，她公布了懷孕和結婚的消息，新聞媒體還一連報導了好幾天。

我們班上也有幾個男生很迷她，那些人都埋怨著「混帳！結婚對象竟然是科技業的社長！而且還是先有後婚，我們都被騙了！」、「你知道我為了握手劵買了多少張ＣＤ嗎！」，甚至有人看著她的寫真集流淚。

島主草壁先生「哇啊啊啊！」地大叫，急著想把行李箱關上，可是寫真集滿了出來，遲遲無法關好。他越心急就越是手忙腳亂，整個人都慌了。

「這這這這這是，那個，工作……」

「草壁先生，您是清水心菜小姐的粉絲啊？」

聽到悠人學長這麼說，草壁先生臉色僵硬地轉過頭來。

「您沒有把珍藏的寫真集當作可燃垃圾拿去丟，也沒有送到環保站回收，而是跑來離家很遠的無人島挖洞埋起來，感覺真是浪漫呢。」

看來草壁先生也是那位當紅偶像的粉絲，他一定也是為了握手劵才買了大量ＣＤ和寫真集，後來看到她要結婚的新聞就和我們班的男生們一樣深受打擊，於是決定不再當她的粉絲，寫真集也打算全部處理掉。因為不好意思被人看見，所以才會跑來自己的無人島上挖個洞埋起來。

可是，原本不該出現在島上的高中生和認識的豪門少爺卻陸續出現，他這個丟臉的祕密就曝光了。

明明是我打開行李箱的，但我還是不禁同情他。

「悠悠悠悠悠人！這件事請你絕對不要……」

「好的，我絕對不會告訴您的夫人和千金，請放心吧。」

悠人學長還故意提起對方的太太和女兒，這就是他壞心的地方啊。

若迫則是很有禮貌地沉默不語。

「那、那就拜託你了！悠人！」

看到草壁先生對一個高中生哈腰鞠躬，行李箱裡的寫真集們紛紛說道：

『真可憐。』

『恭介又不是壞人。』

『是啊，他讓我們住在漂亮的房間，很珍惜地收藏著我們呢。』

『不要欺負恭介啦。』

她們都忘了自己差點就要被活埋，極力幫草壁先生說話。

我口袋裡的十五弟弟依然天真地叫著：

『壞人被打倒了！真開心耶！結！』

◇　◇　◇

所謂「兩年的假期」……不，我們五天的無人島生活就這樣結束了。

我現在正在盡情享受和平的暑假。

如我所料，夜長姬果然很生氣，一句話都不肯跟我說，但是最近也會喃喃說些「噗！」、「去死！」、「討厭你」之類的話了。

這麼可愛真是叫人無法抵擋，我聽得不禁莞爾。

聽悠人學長說，草壁先生後來沒有把寫真集丟掉，還是全部帶回家了。她們現在依然在草壁先生特別準備的公寓房間裡，整整齊齊地擺放在書架上，為偶爾來訪的草壁先生療癒心靈。

那一天草壁先生被悠人學長抓住了把柄，一副鬱悶的樣子，我偷偷地跟他說：

——偶像會背叛粉絲，但書本不會背叛讀者。你的書到現在還是很喜歡你、很關心你喔。

如果草壁先生是因為這樣而改變了心意，那還真是令我高興。

十五弟弟也回到圖書館了。

我某天經過時順便去看看他，他在夏季推薦書目的專區對我說：

『前陣子有個小學男生讀了我喔。他大大的眼睛看著我，越看眼睛睜得越大，有時眼睛發亮，有時眼眶溼潤，有時眼中充滿了興奮，讓我也跟著激動起來，像是經歷了一場冒險！啊啊，下一個讀我的會是怎樣的孩子呢？希望他也能看得開心！』

他似乎體會到了身為一本書的快樂。

嗯，嗯，你也長大了呢。我如同十五弟弟的哥哥，正為他感到欣慰時……

『不過偶爾還是要出去冒個險才行呢！結，下次再一起搭風箏，在暴風雨的海上體驗船難吧！』

他卻這麼說了。

「我只喜歡室內活動啦啊啊！」

我不顧旁人的目光大喊。

《外科室》的一心一意

夜長姬的小祕密

～告訴結的話就要詛咒你喔！

……結丟下我，自己去旅行了。

o(T^To) ｸｩ

……討厭。

(Дつ-。)

……以後再也不讓他翻了。

(´；Д；`)

……希望結被鯨魚吞下肚，再也回不來。

(≧□≦;)

……我亂說的。快點回來啦。

。・゜(。/□＼。)゜・。

第五章

《外科室》的一心一意

在鎮上的小圖書館裡，有個大學生畏畏縮縮地走進來。他有一頭柔細的捲髮，皮膚白得像是完全沒晒過太陽，戴著眼鏡，像個大正時代的文學青年。

他注意著四周，邊慌慌張張地走進書櫃之間，從歷史書籍的前方經過，在民俗學書籍前駝著背前進。每週二下午三點，他都會沿著相同的路線，走到他要找的書櫃前方。

在擺放著明治至昭和時代名著的日本近代文學區，他總是滿心憐愛地用白皙手指輕輕抽出一本書，露出微笑，彷彿在說「我們又見面了」。

然而，在秋意乍到的這一天，他心愛的書卻不在相同的位置。

他每次都會把書借回家，下週二拿來還，下一週又來借同一本書。

這一年來，他一直重複做著相同的事。

今天又是借書的日子，他要借的書卻不在原來的位置！

近代文學區的每一本書都很老舊，而且都是厚重的精裝書，幾乎沒人會借回家。反正文庫區也有相同的書，要借也是借輕便的文庫本。

所以那本書或許是被館內的某人拿去讀了。不過，若是真的被人借回家……那就兩週都看不到了。

這對他來說實在是太難熬了，他絕望地看著心愛的書原本所在的位置……

「那個，請問您是在找這本書嗎？」

「呀！」

我舉起書的封面向那人問道，那個看起來像大學生的男子發出少女一般的驚呼，鏡片底下的眼睛戰戰兢兢地看著我，他一發現我手中厚重的精裝本，立刻睜大眼睛，「啊！」了一聲，頻頻點頭，臉一下子就紅了起來。

看到那人生澀的反應，我手中的「她」害羞地喃喃說道：

『目白川先生……能見到您真是開心。』

◇ ◇ ◇

正就讀高中的我——榎木結——聽得見書本的聲音，也能和它們對話。

學校和家附近的每一間圖書館我都很熟，那裡的書本我多少都認識，每當我經過的時候，他們都會跟我打招呼。

『結，好久不見了。』

『你好啊，結。』

如果旁邊沒有其他人，我就會回答「嗨」、「好久不見」之類的，如果旁邊有人，我只會稍微抬起手，眼睛露出笑意。

第二學期剛開始的這一天，我在放學後順路去了一間熟悉的圖書館……

『結！等一下！』

『結，你能不能傾聽一下她的煩惱？』

『我也拜託你，請你幫她的忙吧！』

日本古典、中世、近代文學區傳出了幾個聲音。

這一區平時就沒什麼人會來，所以我低聲回答：

「怎麼了？只要是我做得到的事，我都會盡力幫忙的。」

原來它們是要我幫忙處理某本書的愛情煩惱。

而且對象還是正在念大學的青年。

大學生？

也就是說，這本書愛上了人類？

『結，你一定知道要怎麼促成人和書的戀情吧？因為你有親身經驗嘛。』

確實是這樣，我邂逅了一本淡藍色封面的美麗書本，墜入命中註定的戀情，跟她成了男女朋友。

那位非常愛吃醋、只要看到我拿起其他書本就會認為我劈腿、怨恨地喃喃說著

「不可饒恕」的淡藍色的公主，今天並沒有跟我一起出來。

她被留在家裡時很不滿地說：

『你一定是打算去見其他的書……這個劈腿的渣男……』

我臨走前向她道別，她的聲音很冰冷：

『……想碰我之外的書，罪該萬死。』

不過這也證明了她是多麼地愛我，真是可愛得令我心動不已。

呃，我的事就先不說了，總之我得先跟愛上大學生的那本書談一談。

印在那厚重書脊上的書名是《外科室》。

這是在明治至昭和時代寫出諸多夢幻淒美故事的大文豪泉鏡花的作品。〈外科室〉描述了一位美麗的伯爵夫人和幫她動手術的醫生之間祕密戀情的短篇故事，所以「她」應該指的是泉鏡花的合集，除了同名篇章〈外科室〉之外，還收錄了〈高野聖〉、〈義血俠血〉、〈夜叉池〉、〈草迷宮〉、〈照葉狂言〉，每篇都是很出名的作品。

不過她的人格——還是該說書格？——似乎深受標題作〈外科室〉的影響，所以就叫她外科室小姐……不，就叫她外子小姐吧。

『一年前的秋天，我遇見了一位溫柔地拿起我的學生，他就是目白川路久先生。』

事。

外子小姐以《外科室》伯爵夫人那般溫柔婉約的聲音，向我述說目白川先生的事。

『他停在這個書櫃前，仔細地看每一本書的書名，彷彿在找某本書。』

『最後他的視線停在我身上，像是找到了要找的東西，臉頰微微泛紅，眼神熾熱地盯著我好一陣子。』

『他戰戰兢兢地朝我伸出手，彷彿擔心弄髒了珍貴的寶物似的，輕輕地摸著我，用雙手把我抱在懷中，如同品嘗著深深的喜悅。』

那一天，他借出了外子小姐，帶她回到自己一個人生活的公寓，和她共度了一個甜美的夜晚。

他一進房間就把外子小姐從書包拿出來，緊緊抱在懷中，用無比溫柔的動作輕撫封面，用火熱而溼潤的眼睛一字一字地讀著，還不時閉上眼睛，發出幸福的嘆息。

讀完《外科室》之後，他又緊抱著外子小姐。那一晚，她在單人床上感受著他的體溫沉沉睡去。

他們的相處從一開始就非常甜蜜。

從那時起，外子小姐已經深深地愛上他了。

她在圖書館的書櫃上已經待了很久，被各式各樣的人讀過，但從來沒人像他一樣這麼溫柔地觸碰她，也沒人會在讀她的時候一再發出幸福的嘆息，更沒有人會那樣緊緊地抱住她。

在借書期限到來之前的兩個星期內，她每晚都過著這麼甜蜜的生活，會墜入情網也是很正常的。

畢竟書這種東西本來就是很單純、很專情的。

大學生目白川路久後來經常去圖書館借外子小姐。他出現的時間都是週二下午三點，大概是他在那天的那個時間不用打工也不用上課吧。

因為不能連續借同一本書，所以他借一週就會還書，一週後又再來借。

可能是不好意思每次都只借同一本書，他去櫃檯辦手續時都會另外多拿一、兩本其他的書，不過他把那些書借回家也不會看。

收錄在《外科室》的其他故事也差不多，他整本讀完一遍之後就不會再看，會重複翻閱的只有那篇〈外科室〉。

外子小姐的人格會變成現在這樣，說不定也是被他這種行為影響的。

如果真的是為了符合所愛對象的喜好，那書這種物品確實很深情。

看到外子小姐這麼純粹的愛情，其他書本當然想要支持她，才會來找我幫忙。

「從這話聽起來，目白川先生和外子小姐應該是兩情相悅吧，不然他不可能在這一年來重複地借同一本書。」

如果只是想看《外科室》，他大可在書店或網路上買一本。既然是有在打工的大學生，不可能買不起文庫本，但他還是持續地來借外子小姐，可見一定有某種理由讓他覺得非外子小姐不可。

目白川先生在自己的房間裡一直緊緊抱著外子小姐，眼神熾熱地看著她，發出幸福的嘆息，和她一起睡在床上。想必他一定很喜歡外子小姐，甚至有可能愛上了她。

畢竟我自己也深愛著夜長姬這本書。

我聽得見夜長姬的聲音，目白川先生鐵定聽不到外子小姐的聲音，但這件事並不妨礙他對外子小姐的迷戀。

『可是目白川先生這陣子的情況不太對，以前他總是看著我發出幸福的嘆息，現在卻變成了悲傷的嘆息，還會把視線別開，難受地咬著嘴唇，叫著「沒希望了」，抱著頭在床上打滾。』

上次他帶外子小姐回家，還淚流不止地緊抱著她，嗚嗚地哭泣。

他吃得越來越少，晚上也睡不著，外了小姐看他日漸憔悴的模樣也很心痛。

『我是一本書，就算看到他那麼痛苦，我卻只能靜靜地看著，什麼都不能做，真是太難受了。結先生，能不能請您去跟目白川先生談一談，幫他解決煩惱呢？』

其他的書本也跟著懇求：

『我也拜託你，結。』

『我也是。再這樣下去，連她都要承受不住了。』

如果解決了目白川先生的煩惱，外子小姐又可以跟他共度兩週一次的幸福時光了。

「嗯，我知道了。畢竟我是書本的朋友嘛。總之我會先去找目白川先生談談，明天正好就是星期二。」

我一如往常地來者不拒，接下了書本的請求，第六堂課就裝病早退，趕著在三點前跑到圖書館，拿著外子小姐等著目白川先生的到來。

目白川先生看到有個戴眼鏡的陌生高中生對自己說話，愕然地問道：

「你、你怎麼知道我在找這本書？」

「因為我常看到您來借這本書。啊，我是這間圖書館的常客，才會碰巧看到您又借了這本《外科室》。」

聽到我這句話，目白川先生的臉一下子就紅了起來。

「這、這麼明顯嗎？」

「也不是啦，只是因為我也很喜歡這本書。我是泉鏡花的書迷，特別喜歡這篇〈外科室〉，我發現您似乎也很喜歡泉鏡花，所以想要跟你聊一聊。」

嗯，用這個理由找他攀談很有說服力，我確實是這間圖書館的常客，我也很喜歡泉鏡花，不過我最欣賞的作品其實是〈草迷宮〉。

「原來是這樣……」

目白川先生的表情開朗了一點，然而卻在下一瞬間突然變了臉色。

「！」

他瞪大了眼睛，彷彿我的背後出現了什麼；他的臉頓時紅得像燒開的茶壺，整個人都慌了手腳。

咦？這反應是怎麼回事？

簡直就像墜入情網……咦？對我嗎？因為我們都喜歡泉鏡花，所以他突然覺得跟我很親近？不會吧！

我正在緊張時，背後傳來爽朗的聲音。

「榎木弟弟，你今天來得真早呢。」

穿著圖書館圍裙的溫柔漂亮大姊姊對我柔和地微笑。

她叫鈴江史奈，是這裡的圖書館員。

「妳好，我有很想借的書，所以就急著跑來了。」

「哎呀，那本書……」

鈴江小姐一看到我手上的書就睜大眼睛。

「那、那我就先告辭了……」

我往旁一看，目白川先生已經從我身邊退開兩公尺左右，而且還在繼續後退。

他似乎不想讓人看到自己面紅耳赤的樣了，所以把頭垂得很低，站得彎腰駝背，眼睛盯著自己的腳尖，一點一點地慢慢後退。

咦，等一下……

怎麼了？這是怎麼回事？

我都還來不及叫住他，他就縮到書櫃後面了，稍微露出來的側臉還是紅通通的，連耳根都紅透了。

「榎木弟弟，你認識剛才那個人嗎？」

「啊？那個，我們才剛見面。」

「這樣啊。他經常來借《外科室》，所以我猜他或許想借那本書。」

她看著我手上的書說道，一副覺得很有趣的樣子。

聽說目白川先生都會借一些其他的書作為掩護，結果他還是被圖書館員視為

「經常來借《外科室》的人」嘛。

更重要的是他那種少女般的靦腆反應……

『只要鈴江小姐在櫃檯，目白川先生就會變得很害羞。』

我手上的外子小姐悲傷地這麼對我說。

咦？他在鈴江小姐的面前一向都是那個樣子嗎？

滿臉通紅，話都說不好了，辦借書手續的時候也不敢看她的眼睛？

咦咦咦咦？那他根本就是愛上圖書館員鈴江小姐了嘛！

而且他還在外子小姐的面前表現得這麼明顯。

外子小姐想必也看出來了吧……

唔……情況好像變得更複雜了。

此時我突然從眼角的餘光看到有個東西在閃閃發光。鈴江小姐纖細的左手無名指上戴著一個疑似嵌鑽石的戒指。

鈴江小姐還是單身，而且我記得她之前並沒有戴戒指。

「那個戒指……鈴江小姐，妳要結婚了嗎？」

我這麼一問，鈴江小姐就不好意思地笑了。

「是啊，明年才要舉行婚禮，但我在婚禮之前就會先辦理結婚登記。我下個月就要搬到新家了，應該會在那時去辦理吧。」

「恭喜妳。鈴江小姐這麼漂亮，圖書館的常客一定有很多人覺得傷心吧。是說連我都有點受到打擊。」

我用開玩笑的態度帶起話題。

「哎呀，謝謝你，榎木弟弟。可是對我說這種話的只有你喔。」

她很爽快地一笑置之。

唔……這樣看來，鈴江小姐並沒有發現目白川先生對她的愛慕，再不然就是已經發現卻沒有當成一回事。

由此可見，目白川先生煩惱到一個人躲在家裡哭，就是因為他暗戀的圖書館員快要結婚了。

請我幫目白川先生解決煩惱的外子小姐，在我手中語帶哭腔說：

『目白川先生……太可憐了……』

三角關係？

不對，應該是四角關係吧？

這到底該怎麼處理啊？

◇　◇　◇

隔天放學後。我去了和鈴江小姐工作的圖書館相距一站的咖啡廳。

這裡有販售裝盤很可愛的磅蛋糕和鬆餅，還有會讓人想拍照上傳的漂亮拉花咖啡，感覺是女生會喜歡的店。

「歡迎光臨。啊！是你！」

穿著便服襯衫長褲、下半身圍著服務生黑色圍裙、有一頭柔細捲髮的眼鏡男——目白川先生——睜大了眼睛。

我也裝傻地說：

「咦？您在這裡打工啊？」

「嗯，你……叫榎木吧，真巧耶。」

我笑著說「就是說啊」，走進去坐下，點了一個天使嘆息蓬鬆鬆磅蛋糕套餐。

這當然不是碰巧，是外子小姐告訴我目白川先生在這間店打工的。

昨天我把外子小姐借回家了。

因為我想在不會被打擾的環境下和外子小姐詳細地談一談。

我的房間裡有夜長姬，平常遇到這種情況，我會躲到在北海道讀醫大的姊姊的房間，但我今天決定在自己的房間裡談。

「我回來了，夜長姬。」

我一打招呼，就聽到一個令我背脊發涼的冰冷聲音。

『……有其他書（女人）的味道。』

啊啊，她還是這麼敏銳，而且一下子就開啟了暗黑模式。鋪在床上的蕾絲手帕上的淡藍色文庫本彷彿散發著冰冷的氣息。

「嗯，我今天請這位外子小姐到家裡來。」

我從書包裡拿出厚重的精裝本，跪坐在床邊，把封面朝向夜長姬。

外子小姐優雅地打招呼說：

『初次見面，我是泉鏡花老師的作品集，平時都待在鎮上的圖書館。今天我為了心愛的人而找結先生幫忙，他就讓我到府上打擾了。』

『……』

『我聽說夜長姬小姐是結先生非常珍惜的女友。夜長姬小姐雖然是書，卻能和身為讀者的結彼此相愛，還能這麼溫馨地朝暮相處，我們都很羨慕呢。』

『……』

『夜長姬小姐是所有愛著讀者的書的希望，能見到您真是太榮幸了。』

『……』

夜長姬一直沒有吭聲。如果是平時的她，早就開始說些「……劈腿」、「……狐狸精」、「……給我去做苦役」之類的可怕發言了，看來她似乎不反對讓愛著其他人的外子小姐待在房間裡。

她或許還是不太高興，但她一定也對書和人之間的戀愛很感興趣。和外子小姐談話時，我一直感覺到她很專注地豎耳傾聽。

「外子小姐，妳應該知道目白川先生喜歡鈴江小姐吧？」

『是的……目白川先生每次來到圖書館都會找尋鈴江小姐的身影，他從書本的縫隙之間或書櫃後面偷偷望著鈴江小姐的幸福眼神，就像他在家裡讀我時的眼神。』

外子小姐語帶羞赧。我的腦海浮現一位皮膚雪白、氣質清秀端莊的妙齡美女低垂著眼簾說話。

「如果目白川先生和鈴江小姐順利交往了，那妳要怎麼辦呢？」

『我不知道。我是一本書……所以只能靜靜地看著喜歡的人。可是與其看到目白川先生那麼痛苦，我寧願看到他幸福地笑著。』

太深情了。

我都被她感動了。

『……』

和這種美麗感情毫無瓜葛的夜長姬依然保持沉默。

她的心中大概想著「太傻了」、「裝什麼好人啊」之類的吧，所幸她沒有說出口。

由於外子小姐一再拜託，我才會來到目白川先生打工的地方找他。

目白川先生端來我點的蓬鬆鬆磅蛋糕和畫了天使圖案的咖啡拿鐵時，我單刀直入地問道：

「對了，目白川先生，您喜歡圖書館員鈴江小姐吧？」

他嚇得差點打翻我的咖啡。

「為、為為為為為什麼這樣問？」

「一看就知道了。」

「咦咦！那鈴江小姐也發現了嗎……啊啊啊，該怎麼辦啦！」

他抱著托盤，一副快要癱倒在地的樣子。

「如果您表現得那麼明顯，鈴江小姐還能正常地對待您，那就沒問題了吧，我想鈴江小姐應該不會在意。」

聽我這麼一說，他又變得垂頭喪氣。

「也是啦……她當然不會在意我這種人……她好像根本不記得我了……」

目白川先生如此喃喃說道。

不記得？

目白川先生和鈴江小姐以前就認識嗎？

「那個，如果您不嫌棄，可以跟我說說看。」

◇　◇　◇

一個小時後。

結束工作的目白川先生脫下了圍裙，坐在咖啡廳的客席上，感傷地敘述著他和鈴江小姐相識的經過以及他悲傷的單戀。

我們應該先換個地方的，櫃檯裡的店長和他打工的同事都用同情的目光看著這裡。

他們一定聽得到，一定都在聽。

可是目白川先生的腦子裡，只裝得下鈴江小姐這個女神了。

「我會愛上鈴江小姐就是因為那本書。當時我是個年僅十歲的四年級小學生，看到圖書館舉辦朗讀會，就很有興趣地跑去參加了。因為那不是為兒童舉辦的活動，參加者都是比我大很多的高中生或大學生，全都是大人。」

因為參加人數不多，還是小學生的他特別顯眼，他很不好意思地縮在椅子上。

當時還是大學生的鈴江小姐用纖細的手捧著沉重的精裝本，翻開封面。

『出於好奇，我拿自己的畫家身分作為藉口，要求和我情同手足的高峰醫生讓我參觀手術過程，他在無奈之下，就答應讓我某日在東京某間醫院看他為貴船伯爵夫人開刀。』

溫柔婉約的聲音朗讀著美麗的文章。

就像小溪裡的涓涓細流，既流暢，又透明，彷彿吸收了陽光似地閃閃發亮。

泉鏡花作品的特色就是很難只讀一遍就理解文中的意思，對小學四年級的孩子而言就更難了，他說不定連故事都聽不太懂。

即使如此，那位白皮膚、長相柔媚的漂亮姊姊朗讀出來的一字一句都像彈珠一樣圓潤光亮，那些美妙的字句深深地吸引了他。

『伯爵夫人身穿潔淨的白衣，如屍體般橫陳手術臺上，她膚色潔白，鼻子高挺，手腳細緻得好比絲綢，嘴唇有些蒼白，微微露出玉石般的門牙，雙眼緊閉，一雙柳眉輕微蹙著，簡單束起的頭髮在枕上壓亂，披垂於手術臺。』

清新的感官刺激。

那個小學四年級的孩子想必是第一次萌生出這種感覺吧。大學生姊姊朗讀著《外科室》的模樣就像聖母瑪利亞一樣神聖莊嚴，聲音也很優美動聽，但那淺粉紅色的嘴唇每次打開，吐出的字句卻有些可怕，又很優美動人，令他不禁微微顫抖。

即使發抖，還是期待能永遠聽下去。

他當時是這樣想的。

朗讀會結束後，年幼的目白川依然坐在椅子上發呆，那位大學生姊姊抱著剛才讀過的書走到他身邊。

她為了看清他的臉而稍微蹲低，眼神溫柔地說道：

——這本書對小學生可能太難了，等你大一點以後再看一次吧，雖然故事有點悲傷，但非常好看喔，這是我最喜歡的短篇小說。

他心臟狂跳，幾乎要爆炸。

——好，我會看，一定會看。

他只回答得出這句話。

——真開心。

大姊姊清純地笑了。

「那個人就是鈴江小姐吧？」

「嗯，我立刻就去找《外科室》來看，但句子都很長，艱澀的詞彙也很多，我看過以後還是不太懂。之後我因父親調職而搬家，沒辦法再去那間圖書館，也沒機會再看《外科室》了……」

讀大學以後，目白川先生碰巧在圖書館所在的鐵路沿線租房子住，他就因為懷念而順路回去看看。那是一年前的事，也就是去年秋天。

他試著找尋鈴江小姐朗讀過的那本精裝本，發現還放在相同的地方，令他開心又感動。

於是他申請了借書證，辦了借書手續，把《外科室》帶回家，一開始讀，鈴江小姐的聲音和模樣就清晰地浮現在他的腦海，令他滿心甜蜜，胸中悸動不已。

兩個星期後，目白川先生回去還書，就見到了在那裡當圖書館員的鈴江小姐。

不過目白川先生光是看到穿著圍裙的她在櫃檯裡工作就緊張得要命，所以故意找其他圖書館員辦理借書，連看都不敢看她那邊。

「為什麼您不立刻告訴她，您就是參加過朗讀會的那個小學生呢？現在講也可以啊。」

鈴江小姐如果知道目白川先生上大學之後還來借《外科室》，一定會很開心的。

「我試過很多次，可是我只要看到鈴江小姐就呆住了，腦袋變得一片空白。就連她在櫃檯裡主動跟我攀談『您要還書啊？謝謝』，我都會緊張到發抖。」

呃，那應該不叫攀談吧，只不過是處理公務罷了。

「我比鈴江小姐小這麼多……而且若是圖書館的客人突然示愛，鈴江小姐一定會覺得很困擾吧……」

目白川先生滿臉通紅，眼睛看著地上，扭扭捏捏的。

這個人簡直就像個少女嘛。

「再、再說鈴江小姐都要結婚了，嗚嗚……」

「呃，不要哭啦。」

我把紙巾遞給他，他接過去擦擦眼睛，道歉說：

「嗚，對不起。」

但他的眼中又湧出了鹹苦的水滴。

哎呀，打工的人都擔心地看著這裡了。

目白川先生因為不想給鈴江小姐添麻煩，一次都沒向她表白過心意，但我怎麼看都覺得所有人都已經知道了。

我敢賭一萬圓，鈴江小姐百分之百早就發現了。

不過鈴江小姐還是用尋常的態度來對待他，這麼說來，鈴江小姐對他果然沒意思囉？唔……鈴江小姐那麼漂亮，一定有很多人追求，她可能也很懂得要怎麼應付愛慕者吧。

鈴江小姐說過，她下個月搬新家的時候就要去辦結婚登記了。

等到她成了有夫之婦，就更不可能和目白川先生在一起了。

其實現在他們在一起的可能性也是低到趨近於零。

唔……

我想了一下，直截了當地對眼睛像吉娃娃般溼潤的目白川先生說：

「目白川先生，你乾脆去跟鈴江小姐告白吧。」

「咦咦咦咦咦咦咦咦？」

目白川先生大驚失色。

打工的人也都朝我們這裡探出身子。

「可是鈴江小姐就要結婚了，就要嫁人了，她都戴上訂婚戒指了……」

「就是這樣才要告白啊。在她還沒登記結婚改了姓氏之前，您還是可以告訴鈴江小姐您在小學時就認識她，而且從當時就開始喜歡她了。就算被拒絕，至少能讓您好好地做個了結，繼續向前走，不是嗎？」

目白川先生依然僵著不動，反而是打工的人都在點頭。

「如果您什麼都不告訴鈴江小姐，就這樣默默看著她結婚，我擔心您可能還是無法死心，每晚躲在棉被裡哭。」

打工的人更用力地點頭。

「我們才剛認識，我就這麼多管閒事，真是抱歉。」

外子小姐的心願是看到目白川先生能露出開朗的笑容。

——我是一本書……所以只能靜靜地看著喜歡的人。可是與其看到目白川先生那麼痛苦，我寧願看到他幸福地笑著。

目白川先生向鈴江小姐告白後被拒絕了一定會很難過，但我覺得這樣反而可以讓他的心情變得比較輕鬆。

「可是，這樣會讓鈴江小姐很頭痛吧……」

「如果您逼她甩掉未婚夫跟您結婚，她確實會很頭痛。」

「那！那那那那那那是恐嚇吧！我才說不出這種話！」

「我想也是。那就沒問題了嘛。」

我微笑著說。

「您可以先告訴鈴江小姐您在小學的時候參加朗讀會，聽到她朗讀《外科室》而深受感動的事，再順勢用輕鬆的態度告訴她，您當時已經愛上她了，重逢之後發現她就是那位朗讀非常好聽的大姊姊，依然對她心動不已，得知她快要結婚的消息，您還難過地哭了，心想初戀果然無法實現啊。重點就是最後要開朗地祝福她的婚姻，這樣鈴江小姐就可以笑著接受您的祝賀，覺得能得到像您這樣可愛的大學男生的愛慕和祝福是一件值得開心的事。」

「是、是這樣嗎……」

很好，他開始考慮告白了。

「就是這樣。我也會盡力幫忙，製造出能讓您順利地和鈴江小姐說話的機會。去完成這個跨越十年的告白吧！」

打工的人都圍在桌子旁，極力鼓舞地說：

「是啊，加油吧，阿路！」

「我也覺得應該去告白！」

「阿路，去展現你的男子氣概吧！」

他們都叫目白川先生阿路……因為他的名字是路久吧……

阿路終於點頭了。

「好、好吧，我會去向鈴江小姐告白。」

◇　◇　◇

到了後天，星期五。

我一放學就立刻去了圖書館，看到鈴江小姐正在書櫃之間推著堆滿書本的推車，便走過去對她說：

「鈴江小姐，妳知道早川緋砂的『黃金法則』系列要出新書了嗎？」

「咦？真的嗎？我很喜歡那個系列，每一本都有買喔。」

「發售日好像是明年春天吧。」

「還要等很久呢。」

「到時鈴江小姐已經結婚了吧。啊！目白川先生！」

我朝著站在鈴江小姐後方遠處、扭扭捏捏手足無措的目白川先生用力地揮手。

目白川先生動作僵硬地走了過來。

『喂，你同手同腳了耶。』

『瞧你滿頭大汗的。』

『加油吧，年輕人。』

堆放在推車上的書本紛紛為他加油。

我也在心中默默想著「是啊，加油吧，目白川先生，自然一點，不管怎樣，總之露出笑容就對了」。

「嗨……嗨，榎木弟弟，你來了啊。」

「嗯，難得看到目白川先生在星期五來圖書館呢。」

「是……是……是嗎？」

目白川先生僵硬地轉開視線，完全不敢看鈴江小姐那邊。

唉，這樣大概不行吧。

我們已經事先決定了流程，先由我去跟鈴江小姐搭話，目白川先生再現身，連他要說的話都想好了，不過這個劇本恐怕已經從他的腦海飛到九霄雲外了。

沒辦法了，我只好試著引導他。

「目白川先生，您不是都只在星期二來嗎？而且您都只借泉鏡花的《外科室》，是不是有什麼理由呢？」

「那、那是因為……」

目白川先生的臉立刻紅了起來。

鈴江小姐似乎也很好奇他會怎麼回答。

「那是因為……那個……也就是說……」

『哎呀，別再拖拖拉拉的了。』

『是男人就乾脆一點！』

我也非常心急。

如果他一副面臨生死關頭、用這樣充滿苦悶的態度告白，鈴江小姐一定會嚇跑的。

我正在思考是不是該喊停時，目白川先生低著頭喃喃說出：

「……因為我畢業論文想要寫《外科室》……那、那就先告辭了！」

他鞠了個躬，很快就溜走了。

鈴江小姐有點愕然。

「原來如此，難怪他老是借《外科室》。」

但她似乎相信了這個理由。

◇ ◇ ◇

「對不起，對不起。」

看到目白川先生縮在圖書館的陰暗角落，我過去叫他，他就不斷地低頭道歉。

「……目白川先生，我已經說過很多次了，不可以表現出會嚇到鈴江小姐的態度啦，要自然而灑脫地傳達出您年幼時的淡淡初戀才行。您也不希望鈴江小姐覺得『這個人好像跟蹤狂，好可怕』吧？」

「嗚……」

「自然一點就行了啦。」

目白川先生彎腰說著「對不起」的時候突然停住，抬頭瞄著我說：

「就像跟島崎女士說話一樣嗎？」

「島崎女士……您是說鈴江小姐的同事？前陣子剛過五十歲生日，三歲的孫子自己畫圖送給她當禮物的那位？」

目白川先生頻頻點頭。

「島崎女士說過她的兒子和我同樣年紀，也是大學生，所以她記得我的名字，她在下雨時會拿圖書館的雨傘給我，對我說『這個你拿去用吧』，我感冒咳嗽得很嚴重時，她還給過我感冒藥，說『吃了藥以後快點回家休息，記得穿暖一點』。因為她大方又親切，所以我跟她說話時一點都不會緊張。」

島崎女士一定很欣賞目白川先生吧。

雖然把年輕又苗條的鈴江小姐比作五十歲的福態女性好像怪怪的……

「嗯嗯，這樣很好。把鈴江小姐當成島崎女士再試一次吧。記住了嗎？鈴江小姐是島崎女士，是島崎女士，是島崎女士……」

「島崎女士，島崎女士，島崎女士。」

目白川先生像在念咒一樣不停地說著。

「好了嗎？那就開始囉。」

鈴江小姐推著推車從前面經過，我正準備走過去，後面的目白川先生突然蹲在地上，滿臉通紅，像剛跑完馬拉松似地呼呼喘氣。

「還、還是不行啦，鈴江小姐又不是島崎女士。」

他喃喃說著，眼睛又溼潤了。

真的像個少女一樣。

「對不起，榎木弟弟，我還沒做好心理準備……下次我會更努力的。真的很對不起，我不能再蹺班，我得去打工了。對不起，對不起。」

他軟弱地不斷道歉後就走了。

唉，未來的路似乎還很漫長。

就在此時……

『哼，劈腿的渣男。』

書櫃裡傳出不太客氣的聲音。好像是從外國現代文學的那區傳來的……

『這個渾蛋，你跟那個迷你裙辣妹很相配，你就去跟她在一起吧，別再來這裡了。』

我仔細傾聽，接著從書櫃裡把那本書抽出來，對那畫有手槍和玫瑰的帥氣封面問道：

「剛才在說話的是你嗎？」

『喔，是啊。』

「你說劈腿的渣男是指誰啊？」

『就是剛才那個捲髮的老兄啊，那傢伙長得一副沒用的樣子，竟然還有辦法劈腿。』

目白川先生劈腿了？

咦咦？這是怎麼回事？

「能不能請你說得詳細一點？目白川先生跟誰劈腿了？」

我拿著書走到角落，把臉貼近書本悄聲問道，他用有些沙啞的聲音回答：

『那傢伙前陣子跟一個穿迷你裙的大學學妹勾著手臂，一副很親密的樣子。聽說他正在跟百合園學園畢業的千金小姐交往。』

「那是目白川先生說的嗎？他說那是他的女友？」

我忍不住提高聲調。

「榎木弟弟？怎麼了？」

哇！鈴江小姐！

「沒有啦，我只是突然想到有一件急事，忍不住喊出『啊！糟糕！』。」

「這樣啊。在圖書館裡要保持安靜喔。」

「對不起。」

鈴江小姐沒有立刻走開，彷彿還想跟我說些什麼。

她想說的或許是目白川先生的事。他今天的態度那樣詭異，或許讓鈴江小姐提高警覺了。如果真是這樣就麻煩了。

鈴江小姐垂著眉梢，一副很困擾的樣子。

「那個……榎木弟弟……」

她一副欲言又止的樣子。

「沒事，還是算了。」

鈴江小姐露出清純的微笑，走回櫃檯。

她一定是要講目白川先生的事吧。

之後我又小聲地打聽目白川先生劈腿的事，但或許是鈴江小姐警告過要安靜一點的緣故，那本書沒有再開口。

◇ ◇ ◇

「啊？我有個穿迷你裙的女友？咦？咦咦？我什麼時候交女友了？」

目白川先生端來有兩隻小鳥在親親的可愛圖案的咖啡拿鐵，一聽到我的詢問就愕然地睜大眼睛。

「我聽說那是你的學妹，百合園學園畢業的千金小姐。那個……是在圖書館聽到的。」

「學妹……？啊！你是說鮎原？是島崎女士說的嗎？」

「呃……這個……」

我說不出這是一本書告訴我的，只好含糊其詞。

看來「女友」的事只是誤會，但是那位穿迷你裙、百合園學園畢業的千金小姐學妹確實去過圖書館吧？

「我們有一次出去辦社團的事，我順便去圖書館還書，鮎原看到我要還的《外科室》就說她也想看，直接借了回去。」

——阿路學長，你都看這種書啊？怎樣？好看嗎？

——嗯，我很喜歡，借過很多次。

——喔……那我也要借。

他跟穿迷你裙的學妹鮎原在櫃檯前聊了這些話，鮎原就把外子小姐帶回家了。

可是，大約過了兩週後，目白川先生問學妹「妳看過那本書了嗎？」、「覺得怎麼樣？」，學妹卻避重就輕地說：

——漢字太多了，我看不太懂。

在那之後，學妹似乎開始躲著他。

「她那麼不喜歡嗎……真遺憾。」

目白川先生一副落寞的樣子，自己喜歡的書得不到別人的認同似乎讓他很難過。

「島崎女士前陣子問過我『那是你的女友嗎？』，不過我已經跟她解釋過了啊……」

那本書會說目白川先生劈腿，大概是因為看到目白川先生和學妹一起來圖書館，就誤以為那是他的女友吧。

書本們都知道外子小姐對目白川先生一往情深，看到他在外子小姐面前和其他女性那麼親密一定很生氣，才會說出那種話。

「也就是說，劈腿的事只是島崎女士的誤會，沒錯吧？」

我再次確認。

「當然。而且我從來都沒聽說過鮎原讀過百合園學園。我的心裡一直都只有鈴江小姐……」

一提起鈴江小姐的名字，他就害羞得滿臉通紅。

他果然跟少女一樣。

「那您下次一定要照著劇本演出喔，如果表現得像今天那麼詭異，鈴江小姐一定會對你提高戒備的。」

我最好還是別告訴他鈴江小姐已經對他非常戒備了。嗯……

目白川先生一臉認真地說：

「我知道了。上次你跟我說過的事，我也仔細考慮過了，我從來沒有想過要對鈴江小姐表白心意，但是你說得沒錯，或許告白之後才能好好地繼續向前走。如果鈴江小姐結婚能得到幸福，我也會由衷祝福她的。」

啊啊，他和外子小姐說了一樣的話呢。

希望喜歡的人過得幸福、笑得開心。

的確是這樣呢……

不過，能打從心底這樣想的人一定非常堅強、非常溫柔。

目白川先生靦腆得像個少女，容易緊張，又很軟弱，不過他的內心想必非常穩重。

「我不敢奢望和鈴江小姐兩情相悅，只是……我希望鈴江小姐能想起我們第一次見面的時候，只要能把我那天的感動傳達給她，我就很滿足了。」

「只要您肯努力，一定能實現心願的。」

「是嗎？好，我會努力的。」

目白川先生露出了微笑。

看到他這麼柔和可愛的表情，連我都覺得心裡暖暖的。我會陪目白川先生商量戀愛煩惱是因為外子小姐的請求，但我現在也開始真心地為他加油了。希望目白川先生得到他能接受的結果……

不過我得先想個方法，讓他在鈴江小姐面前別再表現得那麼僵硬。

啊，對了！

「目白川先生，要不要來辦朗讀會？」

◇　◇　◇

「因為書的請求而幫忙別人談戀愛嗎？很有你的風格呢，結。好啊，那我就在音樂廳裡借一個房間給你用。」

我們讀的聖条學園有一棟屬於管弦樂社的豪華音樂廳，我拜託身為理事長兒子又擔任管弦樂社指揮的悠人學長幫忙借用音樂廳的一個房間，當成下週六舉辦朗讀會的會場。

「謝謝！學長能不能也一起來參加呢？」

「這個嘛，能去的話我一定會去。對了，你要不要也邀請妻科同學呢？」

「妻科同學？」

妻科同學也是高一，但和我不同班，就像悠人學長的情況一樣，我會認識她也是因為一本書。她凶巴巴的表情和無禮的講話方式，有點像我那位在北海道讀醫學的姊姊。

為什麼悠人學長會叫我邀請妻科同學？

悠人學長露出別有深意的微笑說：

「她最近問我，你每天放學就立刻回家，是不是因為要跟女友約會。」

沒想到我也被人認為有女友了。

我的確有夜長姬這個女友，但我最近忙著處理月白川先生的事，都沒時間跟她好好地說話。

而且外子小姐現在還在我的房間。

「我跟妻科同學說，你可能是喜歡在家約會的人吧。我也建議她如果想知道關於女友的事就直接去問你，但她回答『怎樣都無所謂啦』。」

「她只是隨口聊聊吧。」

「是這樣嗎？」

悠人學長又露出了意味深遠的笑容，如果他知道妻科同學平時對我是什麼態度，就不會這樣懷疑了。

「那會場的事就拜託學長了。」

「喔喔，我會再用其他方式討回這個人情的。」

呃，果然還是要付代價。

◇ ◇ ◇

這天我又去了圖書館，鈴江小姐正推著推車把歸還的書放回書櫃上。

我對鈴江小姐說，我們學校要召集有志者舉辦朗讀會，邀請她也來參加，她的反應有點猶豫，我又說：

「書目是泉鏡花的《外科室》。我也邀請了目白川先生，希望妳務必也來參加。其實目白川先生上次就是想跟妳提這件事，但是他太害羞了，看到像妳這麼漂亮的女性就緊張得要命。」

聽我這麼一說，她就答應了。

或許是因為我還多加了一個選項——「如果妳希望的話，還可以順便來參觀我們學校的圖書室」。畢竟聖条學園的圖書室收藏了很多珍貴書籍。

「好的。那一天我是三點下班，如果是在那之後才開始，我就去參加。」

「謝謝妳。那就四點吧。」

我說之後會再把細節傳給她，跟她交換了 Line 後看她推著推車離去，正覺得鬆了口氣時……

「原來榎木喜歡大姊姊啊。」

我回頭一看，愕然地發現肩上掛著書包的妻科同學噘著嘴望向我。

「哇！妳怎麼會在這裡！」

我邊調整滑落的眼鏡邊問道，妻科同學有些慌亂，卻又冷冷地回答：

「我是來圖書館寫作業的。」

學校的圖書室更安靜，座位也更多，直接在學校寫不是更有效率嗎？

總之我回答了「這樣啊」，並糾正了妻科同學剛才說的話。

「順帶一提，我比較喜歡年紀小的。」

「什麼啊，你有戀童癖嗎？」

妻科同學明顯地皺起眉頭。

「不是啦，是因為我正在交往的女友年紀比我小。」

從出版時間來看，夜長姬應該比我大，但她在我心中的形象是一個年紀小又不擅長撒嬌的女孩。

因為夜長姬原本的主人也是這樣的……

妻科同學聽到我有女友就露出驚訝的表情，她緊抿著嘴，又微微揚起嘴角笑了。

「真意外，你竟然有女友。你放假的時候一定都泡在家裡約會吧？」

「我最近比較忙，女友都不開心了，真是頭痛。」

「這是炫耀嗎？」

妻科同學又噘起了嘴。

「那你的小女友是怎樣的類型？」

「像公主殿下吧。」

「啊？公主殿下？」

妻科同學睜大眼睛。

「唉，真受不了，年紀小、穿著純白洋裝、清純可愛的公主殿下什麼的，真是太誇張了，男生果然都對這一型的女生充滿遐想。」

她看似很不高興。

「算了，你跟誰交往都不關我的事，反正我也被高二的學長告白了。」

「咦？真的嗎？」

我沒有看不起她的意思，但我真的很驚訝。妻科同學長得很漂亮，受歡迎也是應該的，只是她的個性實在太凶了。

但我知道她在第一學期因為武川老師性騷擾事件被很多人嘲笑說「太凶暴」、「絕對不想交這種女友」，受到很大的打擊，所以現在聽到有人追求她，我也為她感到高興。

妻科同學看到我這麼驚訝，心情似乎變好了。

「那位學長又高又帥，還是體育社團的一軍，很有女人緣的。」

她如此炫耀著。

「喔……」

我不知道該說什麼，只好隨意附和，她的表情就變得更開朗了。看來她被學長告白真的很高興。

她想要找我，甚至去跟悠人學長問東問西，就是為了說這件事吧。如果妻科同學也喜歡那位學長就太好了，在天上的皮皮也會很高興的。

「對了，妻科同學，下週六下午四點以後妳有空嗎？我要借音樂廳的一個房間來辦朗讀會，妳要不要參加？」

「你的女友也會來嗎？」

「應該不會吧。」

「這樣啊，那我會考慮的。先給我你的聯絡方式吧。」

妻科同學和我交換了 Line 之後就走了。圖書館員島崎女士似乎看到了我們在交談……

「哎呀，剛才那個女孩是你的女友吧？你們在討論約會的事嗎？真好。」

她笑咪咪地說道。

她就是目白川先生能毫不緊張地說話的對象，最近剛過完五十歲生日。島崎女士喜歡八卦又喜歡說話，經常主動找我閒聊。

「不是啦，她不是我的女友，我們也不是在討論約會。」

「沒關係，不用害羞啦。」

島崎女士似乎認定了妻科同學就是我的女友，唉，就像這樣，目白川先生那位迷你裙學妹也被當成了他的女友。

「真的啦，我們下週六要舉辦朗讀會，我只是在邀請她。鈴江小姐也會來，如果您有興趣的話，也歡迎您一起來參加。」

「不好意思，那天我要工作。聽起來好像很有趣，你們要讀什麼書啊？」

「《外科室》。」

島崎女士一聽就睜大眼睛，驚訝地說：

「哎呀，鈴江小姐明明很討厭《外科室》，她竟然願意去。」

◇ ◇ ◇

回家的時候，太陽已經下山了。

我煩惱著朗讀會的事，懷著沉重的心情走到二樓房間。

真頭痛……我到底該怎麼做才好呢……

無論我怎麼想，都想不出能讓所有人得到幸福的結果。

何止如此，搞不好所有人都會很痛苦。

我站在門前，悄悄嘆了一口氣才走進房間。

「我回來了，夜長姬，外子小姐。」

『歡迎回家，結先生。』

『……』

外子小姐用優雅的聲音迎接我，夜長姬今天還是默不吭聲，不過我不在家的時候她們兩人——應該說她們兩本書——似乎有過交談。

——白天的時候夜長姬小姐和我說過話。

聽到外子小姐這麼說，我真的嚇了一跳。

夜長姬來到我家之前，待在我房間裡的書本都很怕夜長姬，不敢跟她待在一起。

——夜長姬小姐對我很客氣，她真是一位溫柔的小姐，而且專情又可愛，結先生會這麼愛她也是理所當然的。

外子小姐的這句話也令我非常吃驚。

妳們到底說了些什麼？我如此問道，夜長姬突然咳了起來，外子小姐就微笑著說：

——這是祕密。

她不肯告訴我。

『結先生，目白川先生的情況怎麼樣？他向鈴江小姐表露心意了嗎？』

「這個嘛……」

我有些猶豫地開口了。

「我們決定下週六要舉辦朗讀會。」

我告訴她，參加者會輪流朗讀《外科室》，目白川先生和鈴江小姐都答應要參加了。

『啊，這真是個好計畫。如果朗讀了我，鈴江小姐或許就會想起目白川先生了。』

外子小姐開朗地說道。

『這麼一來，目白川先生也比較容易說出小學的時候在朗讀會上見過鈴江小姐的事。』

外子小姐沒有想到自己，而是一心一意地為了目白川先生著想。

看到她這麼正向積極，我不禁心頭揪起。

如果我把今天從島崎女士那裡聽來的話告訴外子小姐……她會覺得難過嗎……

「那個，外子小姐……」

『嗯，什麼事？』

「我之前也問過妳，如果目白川先生和鈴江小姐變成男女朋友，那妳打算怎麼辦。」

『是的。』

「當時妳回答說不知道，還說與其看到目白川先生那麼痛苦，妳寧願看到他幸福地笑著，所以妳想要幫他的忙。如果……我只是假設……如果目白川先生忘了妳，從此碰都不碰妳，那妳會怎麼想？」

『咦……』

外子小姐輕輕地倒吸一口氣。

夜長姬也豎起耳朵聽著。

『……』

這是個殘忍的問題，但我還是懷著想哭的心情繼續問：

「假如目白川先生被鈴江小姐拒絕，或許他以後都不會再去圖書館，也不想再讀《外科室》。如果他和鈴江小姐在一起了，也有可能不再需要用《外科室》來代替鈴江小姐，從此就把妳丟在一邊了。」

外子小姐沉默片刻後，溫柔地回答：

『到時……我還是會記得。』

專情的聲音。

真摯的聲音。

『我不會忘記他。永遠都不會。』

就算喜歡的人忘記她、離開她，她還是會記得對方。所以她無所謂。

這份深情深深地撼動了我。

我喉嚨顫抖。

雖然快要哭出來，但我還是努力忍住。

我也下定了決心。

無論週六的朗讀會揭開了什麼祕密、演變成怎樣的結果，我都會支持外子小姐的。

◇ ◇ ◇

朗讀會當天。在悠人學長借來的房間裡有我、目白川先生、悠人學長、妻科同學，以及鈴江小姐，總共五個人。

因為工作而稍微遲到了一下的鈴江小姐說：

「很抱歉，我遲到了。這音樂廳就像傳聞說的一樣豪華呢，連櫃檯都有，真是太意外了。」

她很愉快地說道。

「我高中讀的是女校，因為學校之間的交流會而來過聖条學園兩次，真懷念。」

她笑得瞇起眼睛。

目白川先生似乎很緊張。

他是第一個到達會場的，我一來他就跟我說：

「怎麼辦？我一直在發抖。」

他的手真的抖個不停。

「沒問題的，今天您一直愛護著的她也會在一旁支持您。」

我把厚重老舊的精裝書交給他。

「嗯，也是。」

目白川先生的表情鎮定下來，手也不抖了。

『目白川先生，好久不見了。請當成是在自己家裡翻我，表現得像平時的您一樣吧。』

外子小姐溫柔婉約地向他說道。

鐵管椅擺成了一圈，大家各自就座以後，朗讀會就開始了。

朗讀會的主持人由我擔任。

「今天我們要讀的是泉鏡花的《外科室》，這是一部用字如寶石一樣鮮豔光亮，行文像涓涓小溪一樣流暢優美的名作。請大家一起來欣賞這個極致清純的愛情故事吧。」

每個人的手上都有一份影印的《外科室》。

只有目白川先生的腿上放著外子小姐，他一臉緊張地坐得筆直。

「每個人輪流讀兩頁，由我先開始。」

『出於好奇，我拿自己的畫家身分作為藉口，要求和我情同手足的高峰醫生讓我參觀手術過程，他在無奈之下，就答應讓我某日在東京某間醫院看他為貴船伯爵夫人開刀。』

高峰醫生要為美麗的伯爵夫人動手術。氣質高貴又美麗的伯爵夫人身穿潔淨白衣躺在外科室的手術臺上，懇求開刀時不要麻醉。

『我的心中藏了一個祕密，聽說用了麻醉藥會神智不清、胡言亂語，令我非常擔憂。如果不睡著就不能治療，那我寧願不要好起來，請停止治療吧。』

如果打了麻醉藥，或許會不小心洩漏心中的祕密。

那是她一直念念不忘的事，她一定會說出來的。

所以她不願意用麻醉藥。

我讀完之後輪到悠人學長，再下一個是妻科同學。

悠人學長的聲音動聽又有深度，妻科同學的聲音正氣凜然。由不同的人來朗讀，《外科室》的風格也隨之變得香豔性感，或是高潔堅定。

『「夫人，您的病情不容易治療，必須割肉削骨，還是請您委屈一下吧。」

在一旁觀摩的醫學博士等人都紛紛勸她說若非關羽絕對撐不住這種痛苦的，但夫人卻沒有表現出害怕。

「我明白，但我一點都不在意。」』

伯爵也努力說服夫人接受麻醉，還叫人把年幼的女兒帶來，希望讓她回心轉意，但她出言阻止，依然堅持不用麻醉藥。

妻科同學讀完後，輪到鈴江小姐來讀。

溫柔婉約的聲音從那淺粉紅色的嘴唇輕輕流瀉而出。

『高峰醫生神情肅穆，散發著一種神聖而不可侵犯的氣質。夫人回答「請開始吧」，蒼白的兩頰飛起了紅霞。她凝視著高峰醫生，看也不看貼近她胸前的手術刀。』

她的聲音像清澈小溪的水流一般，潔淨閃耀地流瀉而出。

目白川先生就像在幼年時初次見到鈴江小姐樣貌、初次聽到她聲音的時候一樣，用熾熱的眼神痴痴望著她的側臉。

優美的字句清涼地流入了被一群大人包圍、縮在椅子上的目白川少年的心。那清純的大姊姊以清澈的聲音讀出艱澀而帶有感官刺激的字句。

纖細的手捧著沉甸甸的精裝書。

『猶如紅梅在白雪中綻放，鮮血從胸口流下，染紅了白衣，夫人的臉龐變得更加蒼白，卻依然神色自若，連一根腳趾都沒有動彈分毫。』

沒有麻醉的手術開始了，高峰醫生冷靜地用手術刀割開伯爵夫人白皙的胸口。伯爵夫人忍受著痛楚。

讀到這令人屏息的一幕，鈴江小姐的表情變得比平時僵硬，彷彿她也親身感受到了那種痛楚，極力忍耐著。

目白川先生仍然目不轉睛地望著她。

他如同初相識的那一天，帶著單純的驚訝與感動望著她。

他如同重逢後躲在書本之間，以悲傷又幸福的心情望著她。

心中深藏著一份清澈的情感，不斷地默默望著……

右手。

手術繼續。手術刀碰到了骨頭。

伯爵夫人第一次發出「啊」的叫聲，猛然坐起，用雙手抓住高峰醫生握著刀的右手。

『很痛嗎？』

『不是的，是因為你，是因為你。』

鈴江小姐沉痛地皺起眉頭。

如同耳語一般，她朗讀著伯爵夫人話語的輕柔聲音逐漸灌注了強烈的感情。

伯爵夫人看著高峰醫生說：

『可是你……你卻不認識我！』

這是蘊含著她深切情意的叫喊。

鈴江小姐的聲音迴盪在安靜的房間時，悠人學長和妻科同學都專心得屏住呼吸。

而目白川先生也和鈴江小姐一樣皺緊眉頭，用快要哭出來的表情看著她。

伯爵夫人把手放在高峰醫生握著的手術刀上，深深刺入自己的胸口。先前一直很冷靜的高峰醫生終於面露驚慌，臉色蒼白地說：

『我忘不了。』

『那個聲音，那個呼吸，那個身影，那個聲音，那個呼吸，那個身影。』

鈴江小姐的聲音，鈴江小姐的呼吸，鈴江小姐的身影。目白川先生依然泫然欲泣地凝望著她。

『伯爵夫人欣喜地露出純真的微笑，放開了高峰醫生的手，倒在枕頭上，嘴唇變得煞白。』

『在那一刻，看他們兩人的模樣，彷彿天、地、社會、所有的人都從他們的身邊消失了。』

鈴江小姐的部分讀完了。

她似乎深深陷在泉鏡花的世界裡，神情悲切地愣在原地。

最後一個是目白川先生。

『目白川先生，我們一起讀吧。』

捧在目白川先生手中的外子小姐輕聲說道。

臉色蒼白的目白川先生再次挺直腰桿。

這是他思念著鈴江小姐，在獨居的公寓裡歷經春夏秋冬反覆閱讀的故事。

此時，他就要在愛慕的鈴江小姐面前朗讀了。

和愛慕著他的溫柔書本一起。

『屈指算來，那已經是九年前的事了，當時高峰還在讀醫科大學。』

故事從這裡開始進入倒敘。

高峰醫生還在大學讀書的時候，有一天在植物園散步，看到了一群衣著華麗的人。

『他們是貴族的車伕，後面有三位女性撐著人大的陽傘，伴隨著衣裙摩擦的輕柔窸窣聲緩緩走來。高峰和那一行人擦身而過，忍不住回頭望去。』

那群人之中的一位小姐令他看呆了。

那位美麗得令盛開的杜鵑花為之失色的小姐，就是後來的伯爵夫人。

『那不像是走路，而是如同乘著彩霞飄過。』

目白川先生的聲音充斥著熱情，臉頰微微泛紅。

如同深深戀慕著某種美麗非凡的東西。

外子小姐溫柔婉約的聲音和他的聲音交融合一，共同誦念著一本書。

『我第一次看到那麼高貴的姿勢動作，看得出來教養一定很好。她生來就像天上的仙女，地上的凡人怎麼學都學不來的。』

高峰平靜地聽著朋友對那位小姐的讚美，偶爾簡短地回應。雖然他神態如常，但一顆心都掛在那仙女般的小姐身上了。

就像目白川先生在小學時，被那位用優雅聲音朗讀《外科室》的漂亮大學生姊姊勾走神魂一樣。

目白川先生深愛的鈴江小姐用清秀的側臉對著他，視線落在字句上。

『可以像這樣跟目白川先生一起朗讀，我真是一本幸福的書啊。』

外子小姐優雅地囁嚅說道，感覺很開心的樣子。

目白川先生聽不到外子小姐的聲音，但他彷彿感受到了她的支持，聲音不再顫抖中斷，也不再因焦急而讀得太快，他平靜而真摯的聲音迴盪在房間裡。

『距離數百步，巨大茂密樟樹下的陰暗之處，可以遠遠瞥見那紫色的衣角掃過。』

『走出植物園，外面停著兩匹高大壯碩的馬，三個車伕正在嵌著霧玻璃的馬車上休息。』

九年後。

高峰和千金小姐重逢了。

他在那之後一次都沒有對任何人提過伯爵夫人的事。

以高峰的年齡或地位來看都該擁有伴侶了，他卻遲遲沒有結婚，反而比學生時代過得更加正直寡欲。旁白透露出高峰似乎心有所屬的暗示，故事就迎向終結了。

『其餘的我就不多說了。』

『他們兩人在同一天相繼去世，一個葬在青山的墓地，一個葬在谷中的墓地。』

『試問所有宗教人士，他們兩人真的罪孽深重得無法升天嗎？』

伯爵夫人和醫生——懷著相同祕密的兩人——在外科室短暫重逢後，在同一天內相繼死去。

讀完最後一句話，外子小姐悄悄地發出嘆息。

目白川先生也在同時安心地呼出一口氣，無比珍惜地輕輕闔起書本。

接著大家必須輪流發表感想。悠人學長說：

「在故事中的時代背景，要跨越身分的藩籬比現代更困難，世人對婚外情的評論也更嚴苛。對一個擦身而過的人一往情深，至死不渝，身為現代人很難理解，如果是在那個時代，或許真的會有這麼強烈的愛戀，我甚至很羨慕主角能遇到這麼深愛的對象。」

妻科同學則是嚴厲地說：

「我覺得伯爵夫人的行為太可怕，也太任性了。她明明有丈夫，還有個年紀很小的孩子，竟然就這麼自殺了。她沒有想到家人，也沒有想到高峰面對這種情況會怎麼樣，所以高峰才會深受打擊，痛苦地跟著尋死。」

鈴江小姐用沉著的語氣說：

「是啊，伯爵夫人的確很任性。」

在表示贊同之後……

「但她或許只能這樣做吧。」

她繼續這麼說。

「她已經生了重病，不知道之後能不能繼續活下去，或許是因為這樣，她很害怕自己會忍不住吐露出壓抑已久的情意，心中一直七上八下的，所以在外科室和高峰交談後，她終於按捺不住，才會抓著他的手把手術刀刺進自己的胸口……我認為，她不是想要幸福地死在心愛的人手中，而是要藉著死亡永遠守住祕密。她想要保護的是自己身為妻子、身為母親、身為高貴伯爵夫人的尊嚴。」

「原來如此……不愧是圖書館員，見解真有深度。」

妻科同學不好意思地說道。

「沒這回事，每個人的讀書感想本來就不一樣。」

鈴江小姐體貼地回答。

接下來是目白川先生。

「我……」

他把厚重的書本放在腿上，緊緊握住書，眼睛注視著鈴江小姐，語氣充滿熱情：

「我是在十年前……在小學四年級時遇見了這部作品的。當時我參加了圖書館的朗讀會，聽到一位大學生大姊姊用動人的嗓音朗讀了泉鏡花的《外科室》。」

鈴江小姐睜大了眼睛。

她的視線對上目白川先生的，他的眼神變得更加熾熱。

我建議過目白川先生，重點是要用開朗輕快的態度說出他的心情。因為他若是太嚴肅，可能會造成對方的心理負擔。

但是，愛了一個人十年的心情是沒辦法輕描淡寫的。

「那本書對小學的我來說太難了，我不太理解內容，但是那位大姊姊動聽的聲音清澈閃亮地流入我的心中，讓我不禁心跳加速。那是我的初戀。」

這樣就好了。

鈴江小姐睜大眼睛，一動也不動。

她的表情透露出內心的混亂，完全不知該如何是好。

「朗讀會結束後，那位大姊姊對我說，等我長大以後再看一次吧，這是很棒的故事，是她最喜歡的短篇小說。」

——好，我會看，一定會看。

少年一個勁地點頭。

——真開心。

大姊姊笑著說道。

那清純的笑容一直留在他的心中，一年前的秋天在圖書館重逢時，他開心得胸口幾乎要炸開。

他借了當年的大姊姊讀過的那本書，著迷地閱讀，後來每隔一週就會借一次。

我事先已經向悠人學長和妻科同學解釋過目白川先生的情況，所以他們都靜靜地聽著他跨越十年的告白。

外子小姐也一樣……

『嗯嗯……嗯嗯……目白川先生……就是這樣，就是這樣。』

她小聲地附和著。

『嗯嗯……我真是太幸福了，太開心了。』

鈴江小姐依然一臉震驚地和目白川先生對望。

「我初戀的那位大姊姊就是妳，鈴江小姐。」

目白川先生終於說出了深藏已久的心意。

鈴江小姐睜大的眼睛瞇了起來，嘴脣緊緊抿著。

「鈴江史奈小姐，我一直愛著妳。我本來打算像伯爵夫人一樣永遠埋藏心意，但是妳就快要結婚了，雖然我已經沒有希望，我還是想要把心意傳達給妳，好好地接受自己失戀的事實。」

目白川先生拿起腿上的書本放在椅子上，站起來，從背後的紙袋裡拿出漂亮的白色花束，低著頭遞給鈴江小姐。

「今天非常感謝妳的參與！恭喜妳結婚！」

鈴江小姐含淚看著花束。

最後她露出微笑說：

「謝謝你，我很開心。」

——真開心。

鈴江小姐伸出纖細的雙手接過花束，貼近臉頰，笑得非常燦爛。

她抬起頭，她的表情令目白川先生因放心和欣喜而顫抖。

「原來我在朗讀會遇見的小學男生就是你。謝謝你遵守當時的約定而讀了《外科室》。這束花真是最棒的結婚賀禮。」

此時鈴江小姐的臉龐閃閃發亮，猶如在教堂裡被眾人的祝福所圍繞的幸福新娘。

目白川先生也開心地微笑著，悠人學長和妻科同學都望著他們，神情溫柔。

『目白川先生……太好了。』

外子小姐也很開心。

每個人都面露喜悅。

故事若在此刻結束，就是最完美的快樂結局。

沒有人受傷。

沒有人受苦。

無論是目白川先生、鈴江小姐，或是在一旁看著的我們，心中都會留下美麗的回憶。

我知道這樣才是最好的。

但是……

「鈴江小姐，就這樣結束真的好嗎？如同高峰和伯爵夫人，妳的心中也藏了祕密吧？」

目白川先生等人都驚訝地望向我。

鈴江小姐表情流露出困惑。

「榎木弟弟，你怎麼突然說這種話？」

「我聽島崎女士說過，妳很討厭《外科室》。妳看到《外科室》要被列入夏季推薦書目的專區時非常反對，說那本書對一般讀者而言太過艱深，而且內容很不道德，妳不喜歡。」

目白川先生「咦」了一聲，朝鈴江小姐望去。鈴江小姐像是在迴避他似地轉向一旁，說道：

「我有說過這種話嗎？我只記得自己說過《外科室》對於比較少看書的人來說可能不太好懂。」

「這樣啊，或許是島崎女士記錯了吧。不管怎麼說，妳確實反對把《外科室》放到推薦專區，是不是因為書若是被其他人借走了，目白川先生就借不到了呢？」

「咦？」

目白川先生發出比剛才更疑惑的聲音。

「我並沒有這種私心，我對目白川先生的認識也只是一個經常借《外科室》的男性，連他的名字都不太記得。」

「可是妳看到目白川先生下雨天沒帶傘時會借傘給他，目白川先生感冒的時候妳還給了他感冒藥。」

鈴江小姐的肩膀猛然一顫。

「不是的，榎木弟弟，傘和感冒藥都是島崎女士給我的……」

目白川先生打岔說。

「島崎女士都告訴我了，那兩樣東西都是妳拜託她拿給目白川先生的。」

——哎呀，鈴江小姐明明很討厭《外科室》，她竟然願意去。

島崎女士那一天說的話令我非常吃驚，更令我吃驚的是她接下來說的話。

——不過目白川先生若是參加，鈴江小姐或許會想去吧。她對目白川先生很有好感，說他讓她想起了故鄉的弟弟。

——下雨的時候，她拿一把傘來，說這把傘是沒在使用的失物，請我幫忙交給目白川先生。對了，目白川先生感冒的時候，她還拿出自己的感冒藥請我轉交給他。

——我叫她自己拿去，但是她說現在忙到走不開。

「那把傘和感冒藥……是鈴江小姐給我的？」

目白川先生非常震驚。

這也是應該的，因為鈴江小姐從來沒有用親切的態度對待過他，也沒有主動跟他說過話。

她在我面前也是這樣表現的。

——榎木弟弟，你認識剛才那個人嗎？

——我們才剛見面。

——這樣啊。他經常來借《外科室》，所以我猜他或許想借那本書。

當時鈴江小姐把目白川先生稱為「他」，彷彿是在表示她不在意目白川先生，連他的名字也不知道。

「島崎女士說妳對目白川先生有好感是因為他很像妳的弟弟，既然如此，妳平時應該會親切地跟他聊天，但妳卻沒有這麼做。妳看到我會叫『榎木弟弟』，但妳從來沒有跟目白川先生打過招呼，這是為什麼呢？」

鈴江小姐回答不出來。她握緊雙手，難受地緊閉著嘴巴，這態度也等於是回答我了。

「這是因為妳對目白川先生有特別的感情吧？妳自己也知道這一點，才會故意裝作對他漠不關心，不是嗎？」

鈴江小姐終於開口了。

她那快哭的眼神像是在懇求我不要再繼續說下去。

「不，你誤會了。我就連見過小學時代的目白川先生這件事，也是今天才知道的。」

她的語氣痛苦。

如果我現在停止，就能讓一切順利落幕嗎？

不可能的！如同一直冷靜開刀的高峰醫生聽到伯爵夫人抑制不住而洩漏出來的

隻言片語之後，就跟著按捺不住心情一樣，目白川先生也已經從鈴江小姐脆弱低垂的臉龐和顫抖的聲音看出了她的真心。

現在已經無法回到所有人都能喜悅地離開舞臺的快樂結局了。

我丟出了衝擊性最大的一句話。

「妳記得目白川先生的學妹鮎原小姐借過《外科室》的事嗎？鮎原小姐喜歡目白川先生，她大概覺得把目白川先生喜歡的書借回去看，以後就會跟他變得更親密吧，可是她之後為什麼反而躲著目白川先生呢？鈴江小姐，妳知道原因嗎？」

「……」

目白川先生一臉不解地望向縮著身子、低著臉龐的鈴江小姐。

「榎木弟弟，這是怎麼回事？」

「鮎原小姐到圖書館還《外科室》的時候，鈴江小姐對她說目白川先生已經有女朋友了，那個人是畢業於百合園學園的溫柔千金小姐。」

不要再說了！

我簡直可以聽到鈴江小姐的吶喊。

——哼，劈腿的渣男。

——那傢伙前陣子跟一個穿迷你裙的大學學妹勾著手臂，一副很親密的樣子。聽說他正在跟百合園學園畢業的千金小姐交往。

我本來以為那本書說的「穿迷你裙的大學學妹」和「百合園學園畢業的千金小姐」是同一個人，其實兩者是不同的人。

這事為什麼這麼容易引人誤會呢？

目白川先生說他從來都沒聽說過鮎原小姐讀過百合園學園。

我從島崎女士提供的情報之中得到了答案。

——鈴江小姐一年前明明說過工作和學習都很開心，短期內還不打算結婚，可是今年卻突然開始找對象，在相親軟體上認識了現在的未婚夫，半年內就決定要結婚了。現代人的作風都是這樣嗎？

——不過鈴江小姐是百合園學園畢業的千金小姐，個性溫柔，長得又漂亮，本來就會有很多人追求。

「百合園學園畢業的千金小姐說的就是妳自己吧，鈴江小姐？」

氣憤地批評目白川先生是劈腿渣男的那本書，聽見了鈴江小姐對鮎原小姐說的話，才會看不起目白川先生明明已經跟百合園學園畢業的千金小姐交往，卻還和迷你裙學妹卿卿我我的。

昨天我去圖書館找那本書確認，他不悅地沉默良久之後，簡短地回答了：

——嗯。

我的猜測得到了證實。

「鮎原小姐擺明一副很喜歡目白川先生的樣子，所以妳故意謊稱目白川先生有女友，把她趕走了，而且妳對那位女友的描述和妳自己的形象一致。是不是因為妳就是這樣希望的呢？妳希望自己就是目白川先生的女友……」

「夠了！」

鈴江小姐忍不住叫道。

她摀住耳朵拚命搖頭。

「拜託你，別再說了。我下個月就要結婚了，連新房子都找好了，搬家的手續也全都辦好了，明年就要舉行婚禮了，我未來的丈夫是很好的人，我的父母都很高興我能跟他結婚。所以不要再說了！」

她撕心裂肺地喊著。

「……妳跟未來的丈夫是半年前在相親軟體上認識的吧……聽說妳之前明明說過短期之內不會結婚，為什麼又突然急著結婚呢？」

鈴江小姐好像已經在哭了。她低著頭，口中發出哭喊，肩膀顫抖，抽泣著。

「因為……我知道自己已經不年輕了，下個月就三十二歲了……我很想要小孩……所以必須快點結婚……」

「所以妳覺得妳沒辦法跟還在讀大學的目白川先生交往？」

「……」

鈴江小姐又再度哽咽。

她對目白川先生的心情早就已經表露無遺了，但她還是不肯鬆口，彷彿要吐出凝滯的情緒一樣硬擠著說出：

「那是當然的……我都快三十二歲了，怎麼可能和二十歲的大學男生在一起……我做不到！他比我小十二歲，還要兩年才會讀完大學，等他開始工作、可以結婚的時候，我就是比現在更老的大嬸了。他的人生才正要開始，正在最閃耀的時候，怎麼能跟一個衰老的大嬸在一起……」

所以鈴江小姐才會把自己對目白川先生的情意深深地鎖在心中。

從長遠的角度來看，比自己小十二歲的大學生不是適合的交往對象。

她察覺到目白川先生充滿熱情的目光，或許會感到開心，為之心跳不已。但她沒有表現出來，還是繼續藏著心情。

以我的眼光來看，鈴江小姐漂亮清純又溫柔，我非常理解為什麼目白川先生和她重逢之後又會重新愛上她。

但是十二歲的年齡差距對一個成年女人來說，或許比我們想像得更嚴重。更何況自己還是比較老的一方。

目白川先生贈送的花束掉到地上，白色的花瓣散落。

鈴江小姐掩面哭了出來。

先前充滿祝賀氣氛的房間變得黯淡而寂靜，悠人學長和妻科同學的表情也很沉重。

悠人學長露出同情，妻科同學則是皺緊眉頭，像是對我很不諒解。

目白川先生難過地說：

「……鈴江小姐，因為我是二十歲的大學生……所以妳覺得不能跟我交往嗎……」

他用嘶啞的聲音問道。

「……你、你覺得我是個討厭的女人嗎……你看不起我了嗎……」

鈴江小姐嗚咽著，聲音細若蚊鳴。

目白川先生的表情更加糾結，像是非常痛苦。

鈴江小姐一定是打算在目白川先生的心中，留下自己最美麗的模樣之後就離開。

可是她的任性和醜態全被揭穿了，形象都毀於一旦了。

或許目白川先生也不願看見清純溫柔的鈴江小姐有這麼複雜糾葛的一面吧。

所有人都很痛苦，所有人都變得不幸了。

我是不是做錯了呢？

當我正在暗自感到後悔時，一個優雅而溫柔的聲音傳進了我的耳中。

『目白川先生開始討厭我了嗎……？』

那不是卑躬屈膝的哀求，也不是充滿情緒的埋怨，更不是絕望的自我批評，而是溫柔無比的詢問。就像是要安撫混亂的心，從中撿起真實的碎片，讓他注意到那閃耀的光芒……

目白川先生聽不見這個聲音。

但是在溫柔的書本含蓄地開口之後，他就動了起來。

他撿起掉在地上的白色花束，接著單膝跪在鈴江小姐面前。

「鈴江小姐。」

他柔聲呼喚著。

「我永遠忘不了妳給過我的動人話語和記憶。雖然我或許不夠可靠，但我還是喜歡妳，我一直喜歡著妳。」

『是的……目白川先生一直深愛著妳。他總是一邊思念著妳，一邊溫柔地翻我，一字一句地細細讀過，發出幸福的嘆息。』

「這十年來，我一直想著妳。」

『目白川先生心中想的全是妳。』

「今後的十年、二十年，甚至是更遙遠的將來，我的心裡都只有妳。」

『無論多麼可愛的女性向目白川先生示好，他對妳的情意還是堅定不移。今後他也一定會繼續愛著妳的。』

「我希望妳能以結婚為前提跟我交往，只要妳願意，今天就去登記結婚也行。」

聽到目白川先生這句話，悠人學長愕然地張著嘴，妻科同學睜大了眼睛。

我也完全被嚇呆了。

那個怯生生又容易緊張、老是像個少女一樣不知所措的目白川先生，竟然跳過了交往，直接向鈴江小姐求婚！

鈴江小姐低垂的臉也抬起來了。

她的臉上摻著了各種表情，不知是生氣，是悲傷，還是愕然。

「你怎麼能說這種話？我不是說了下個月就要結婚嗎？你太不切實際，太魯莽了。不要再管我了，別再跟我有任何牽扯了。」

她如此說道。

但目白川先生卻沒有退縮。

「如果這只是我單方面的愛慕，我還可以放棄。現在情況變成這樣，我怎麼能放棄呢？」

「我下個月就三十二歲了。」

「我十二年後也是三十二歲。」

「到時我就四十四歲了。」

「到時我還是會喜歡妳。」

「不行的。你要我怎麼跟未婚夫和父母解釋？」

鈴江小姐說得沒錯，下個月就要結婚的社會人士和還在讀書的學生就算交往了，結婚了，還是會有堆積如山的問題。

只要試著想像一下，就會讓人想打退堂鼓了。

我開口說道：

「可是妳又還沒結婚。」

目白川先生和鈴江小姐都朝我望來。

我堅定地繼續說道：

「伯爵夫人和高峰之間有身分的隔閡，她身為妻子，又是母親，兩人之間隔著重重的阻礙，所以他們兩人最後只能用這種方式結合。如果高峰和還沒嫁給伯爵的夫人不顧身分差距而在一起，說不定會有其他結局。」

事情沒有像我說得這麼簡單。

即使如此……

「鈴江小姐，妳和目白川先生之間的阻礙是什麼呢？年齡差距嗎？既然妳現在還沒嫁作人婦，只要兩人攜手一起跨越不就行了嗎？」

我直視著鈴江小姐的眼睛說道。

「目白川先生已經下定決心了，接下來就由妳決定。我覺得既然妳也喜歡目白川先生，就值得嘗試看看。」

鈴江小姐的神情透露著動搖。

她一直以來都只是拚命想著該怎麼藏住自己的心情，或許想都沒想過要如何才能和目白川先生在一起。

她一次都沒想過，或許還有別的路可以走。

目白川先生朝她遞出花束，眼神真摯地問道：

「鈴江小姐，妳還記得參加朗讀會的那個小學生嗎？」

鈴江小姐纖細的手有些猶豫地慢慢伸向目白川先生。

然後……

她眼中浮現淚水，回答說：

「我忘不了。」

◇ ◇ ◇

目白川先生和鈴江小姐真的去登記結婚了。

朗讀會過了兩週後，悠人學長一聽見這個消息就說：

「連我都想結婚了。」

真不知道他是說真的還是在開玩笑。

「咦？咦咦？學長有對象嗎？」

我驚訝地問道，但悠人學長只是笑著回答「你說呢」。

下課時間，我在走廊上向妻科同學報告了這件事。

「真的嗎？他們真的結婚了？」

她表現得很訝異，噘著嘴說：

「我一點都不贊成他們兩人在一起。鈴江小姐的未婚夫突然被人悔婚太可憐了，要是知道那個對象還在讀大學，一定會更受打擊。結婚可不是鬧著玩的，我的父母本來感情也很好，結果卻因為爸爸外遇而離婚了。」

她的語氣非常嚴肅。

「可是……有時戀愛就是會讓人失去理智吧。既然他們都知道可能遇到什麼困難，還是決定在一起，我希望他們真的能堅持到最後。」

我認真地說。

「嗯，我也這麼想。」

昨天我和夜長姬一起去探望外子小姐。

在朗讀會後，外子小姐就被送回圖書館，在日本近代文學區安靜度日。

目白川先生和鈴江小姐才剛展開新生活，想必十分忙碌，聽說他後來都沒再來過圖書館。

『這樣就好了。目白川先生已經有鈴江小姐了，我的任務已經結束了。』

她的語氣溫柔得令人心痛。

外子小姐還說，這裡有很多朋友，她不會寂寞的。

『而且，就算目白川先生忘了我，我還是會記得的。』

——我忘不了。

我聽得喉嚨哽住，眼睛發熱。

我覺得外子小姐就像專情的伯爵夫人和高峰。

今後她一定也會用溫柔的心情繼續愛著目白川先生吧。

書這種東西為什麼會如此高貴呢？

我口袋裡的夜長姬忍不住叫道：

『真是個大笨蛋！那種外遇的傢伙就該早點忘掉啊！』

那稚嫩的聲音激動地說。

『選擇和女人在一起的傢伙根本沒必要祝福！也不配被詛咒！快點忘了他吧！』

就算我制止她，她還是哀傷地不停叫著「忘了他吧」。

……夜長姬一定也很支持外子小姐吧。外子小姐想必也感受到了夜長姬的心情，於是用更溫柔的語氣說：

『謝謝您鼓勵我。夜長姬小姐和結先生都很體貼，但我還是忘不了他。』

夜長姬小聲地說著「笨蛋……」。她說不下去，或許是因為快要哭出來了。

我對外子小姐說有空就會來看她，夜長姬也會一起來的。

外子小姐溫柔地回答「好的，我會等著兩位的」。

回家的路上。一直沉默不語的夜長姬在口袋裡斷斷續續地說：

『結……如果你忘了我，和其他女人在一起……我絕對不會原諒你的。我才不會祝福你，我會恨你一輩子……一輩子喔。』

「嗯……」

『絕對不會。我要讓災禍降臨在全世界，毀滅一切……』

「嗯……」

『……結，你在哭嗎？』

我拿起夜長姬，緊緊地抱在懷裡。在圖書館裡一直壓抑的東西終於上湧、溢出，溫熱的水滴從臉頰滴落。

外子小姐的心願是看到深愛的人得到幸福。

如今她的心願實現了，她也向我道謝了。

可是外子小姐……

我真的很希望她的戀情可以圓滿。

我真的很希望她能被心愛的人觸摸、翻閱，一直陪伴在那個人的身邊。

我是書本的朋友，是外子小姐的朋友，但是外子小姐失戀了……

「……夜長姬……如果我忘了妳……到時妳就把我詛咒至死吧……」

我的喉嚨因哭泣而顫抖，聲音變得沙啞。夜長姬也用哭泣般的聲音說：

『我一定……會殺了你。我不會把你讓給其他書或其他人……我會一輩子恨你。』

她不停地說著。

這也代表著她會一輩子都忘不了我，永遠愛著我。

「榎木，你怎麼了？你的表情很陰沉耶。是為了鈴江小姐他們的事而感到後悔嗎？」

妻科同學擔心地詢問，我搖頭回答：

「不是這樣的。我只是覺得……要寫出讓所有人都幸福的快樂結局，真的好難啊……」

妻科同學沉思片刻後，眼神堅定地說：

「……是啊。不過，就算沒辦法同時讓所有人幸福，還是可以依序讓各人幸福啊。」

她的語氣雖然不悅，但這句話卻令我心情變好了。

「這樣啊，原來還有這種方法。嗯，很好！妻科同學，妳說得很好！」

我向妻科同學展露笑容，她卻不知為何紅了臉，轉向一旁。

「順、順便跟你說一聲，我……拒絕高二學長的告白了。」

她說。

「咦？為什麼？妳不是說他在體育社團表現出色，又是個很有女人緣的帥哥嗎？」

看到我一臉驚訝，她就更慌張了。

「可能是受到鈴江小姐他們的影響吧，明明有喜歡的人還跟其他人在一起，只

會讓事情變得越來越麻煩，而且也對不起和自己交往的人。唉，不過真的好可惜啊。榎木，你要請我吃東西來補償我。」

「為什麼我要請妳啊！」

「因為是你邀請我參加朗讀會的嘛。而且……唔……總之都是你不好啦！我想要吃栗子百匯，現在就去。」

「喂！」

『結……不准劈腿喔……』

書包裡傳出了夜長姬冰冷的稚嫩聲音。

『不只跟其他書攪和，還跟其他女人卿卿我我的……不可饒恕。』

不，不是啦，我才沒有跟她卿卿我我……我在心中死命解釋，邊被妻科同學拉著走。

我心中想著，唉，等到回家以後就麻煩了。

我同時也在思考，要怎麼做才能讓愛我愛得如此激烈的淡藍色書本消氣。

夜長姬的小祕密
～我一輩子都不原諒你喔！

……結老是管其他書的閒事，真討厭。

<(｀^´)>

他這麼快就跟那本書熟起來了。

Σ(ﾟДﾟ;)

他對書太好了啦。

(ó　ò。)

竟然還跟女人泡在一起！
討厭，討厭，討厭×100000000

(#>Д<)ﾉ

……喜歡你……喜歡你……喜歡你……

(；へ：)

後記

大家好，我是野村美月。

我大概四年沒寫後記了吧。或許會有人想問我這段期間在做什麼，為什麼又突然開始出書，說起來很不好意思，其實我悄悄地在 note 上發表文章。其中也寫到了悠人學長和他的「文學少女」姑姑，希望大家也能去看看。網址是 https://note.com/harunosora33/

本作品是在敘述一位聽得到書本聲音、身為書本朋友的男孩子的故事。

我想，所有愛書人都會有自己珍惜的書和特別的書吧，一定從小時候就經常窩在房間裡反覆閱讀早已泛黃而殘破的書本吧，在那種時候，大家一定都感覺到自己好像被書本陪伴、被書本鼓勵了吧。

或許每一本書都用我們聽不到的聲音在說話，如果真是這樣就太棒了。本作品就是從這個想法之中誕生的。

主角結一開始的設定是個非常陰沉的男孩，他不知去向的女友留下了一本書，他還幫那本書取了跟女友一樣的名字。他的個性越變越開朗，才成了現在的結。

相反地，夜長姬原本的性格很溫和，但是相對於結日漸開朗，她反而是越變越黑暗。我原本想的女主角是一個愛洗澡、身穿「洋裝」的小公主。夜長姬或許是她的轉世吧。

夜長姬和結這對情侶今後會如何發展呢？

書本和人類能以結婚為前提認真交往嗎？

我認為這是有可能的！

和本書同名的篇章是以泉鏡花的《外科室》為主題，這部作品也曾出現在《文學少女》裡。這是我很喜愛的作品，而且難得遠子的姪子也有出場，所以又用了一次。

關於悠人學長有一件事讓我很後悔，那就是把他名字的讀音設定成「Haruto」。我想可能有九成的讀者都會讀成「Yuuto」吧。

我在《文學少女》裡寫到嬰兒時期的悠人學長時，完全沒想到他還會出現在其他的故事裡，我只是很單純地覺得把他的名字取作「Yuuto」聽起來跟父親流人（Ryuuto）太像了，好像很容易搞混，就設定成「Haruto」了。

糟糕！應該用「Yuuto」才對啊！我後來才這樣想，但是已經後悔莫及了。總之還是請大家稱他為「Haruto」學長吧。

不只是 Fami 通文庫，我在 KADOKAWA 文藝版也同時出版了結作為主角的作品，書名是《〈最後一間書店〉的漫長結局》，這是我非常想寫的重要故事。故事背景是東北地區某個小鎮的書店，結在春假時跑去那邊出差。和 Fami 通文庫一樣，這個作品的插畫也是竹岡美穗老師負責的。兩本書的插圖都優美動人得讓我想哭，如果大家兩本都買的話，我會很開心的，書想必也會很高興。

七月二十二日（※此指日本）我會在講談社 Tiger 發售《記憶書店泡沫堂的淡泊（記憶書店うたかた堂の淡々）》，那是以買賣記憶當成職業、外表酷帥但個性有些缺陷的青年的故事，《成為吸血鬼的你開始一段永恆的愛》系列中那位美如薔薇的人物也有出場。

最後要感謝各位買了我睽違四年出版的新作。看到有讀者反應一直很期待我的新書，真的很開心。希望下一部作品也能得到大家的青睞。

二〇二〇年五月二十九日　野村美月

作中引用或參考了以下書目或網站：

《長襪皮皮》（阿思緹・林格倫著，大塚勇三翻譯，岩波書店出版。）

《羅生門、鼻子、芋粥、偷盜》（芥川龍之介著，岩波書店出版。）

《十五少年漂流記》（儒勒・凡爾納著，那須辰造翻譯，講談社出版。）

《外科室、高野聖》（泉鏡花著，角川書店出版。）

〈名作の改変〉國學院大學日文系傳馬義澄教授 http://www2.kokugakuin.ac.jp/letters/nichibun/syoukai/1nichibun/bungaku_yomu.files/bungaku_yomu-dennma.htm

後記

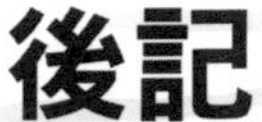

沒想到還有機會再畫
聖条學園的制服。

新讀者和老書迷都請
多多指教。

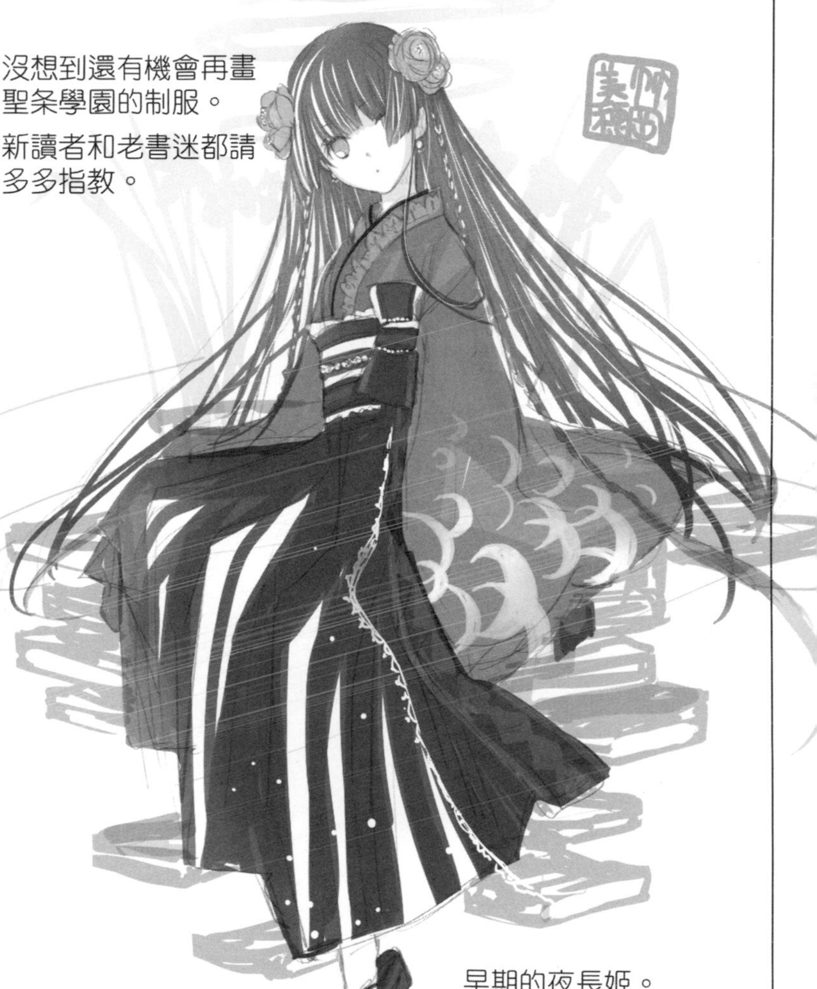

早期的夜長姬。
也有褲裙版本喔。

浮文字
結與書系列：《外科室》的一心一意
（原名：むすぶと本。『外科室』の一途）
著　　者／野村美月　繪　　者／竹岡美穗　譯　　者／HANA
榮譽發行人／黃鎮隆　美術總監／沙雲佩　企劃宣傳／楊玉如、施語宸、洪國瑋
總　經　理／陳君平　美術編輯／方品舒　文字校對／施亞蒨
協　　　理／洪琇菁　執行編輯／許晶翎　內文排版／謝青秀
總　編　輯／呂尚燁　國際版權／黃令歡、梁名儀

出　　版／城邦文化事業股份有限公司　尖端出版
台北市中山區民生東路二段一四一號十樓
電話：（〇二）二五〇〇－七六〇〇
傳真：（〇二）二五〇〇－二六八三
E-mail: 7novels@mail2.spp.com.tw

發　　行／英屬蓋曼群島商家庭傳媒股份有限公司城邦分公司　尖端出版
台北市中山區民生東路二段一四一號十樓
電話：（〇二）二五〇〇－七六〇〇（代表號）
傳真：（〇二）二五〇〇－一九七九

中彰投以北經銷／楨彥有限公司（含宜花東）
電話：（〇二）八九一九－三三六九
傳真：（〇二）八九一四－五五二四

雲嘉經銷／智豐圖書有限公司　嘉義公司
電話：（〇五）二三三－三八五二
傳真：（〇五）二三三－三八六三
客服專線：〇八〇〇－〇二八－〇二八

南部經銷／智豐圖書有限公司　高雄公司
電話：（〇七）三七三－〇〇七九
傳真：（〇七）三七三－〇〇八七

香港經銷／一代匯集
香港九龍旺角塘尾道六十四號龍駒企業大廈十樓B&D室
電話：（八五二）二七八三－八一〇二
傳真：（八五二）二五八二－一五二九

新馬經銷／城邦（馬新）出版集團 Cite（M）Sdn. Bhd.
E-mail: cite@cite.com.my

法律顧問／王子文律師　元禾法律事務所
台北市羅斯福路三段三十七號十五樓

二〇二二年二月一版一刷

■中文版■

郵購注意事項：
1.填妥劃撥單資料：帳號：50003021戶名：英屬蓋曼群島商家庭傳媒(股)公司城邦分公司。2.通信欄內註明訂購書名與冊數。3.劃撥金額低於500元，請加附掛號郵資50元。如劃撥日起 10～14日，仍未收到書時，請洽劃撥組。劃撥專線TEL：(03)312-4212 ・ FAX：(03)322-4621。E-mail：marketing@spp.com.tw

國家圖書館出版品預行編目資料

結與書系列：《外科室》的一心一意 / 野村美月作，HANA 譯．-- 1 版．-- [臺北市]：城邦文化事業股份有限公司尖端出版：英屬蓋曼群島商家庭傳媒股份有限公司城邦分公司發行，2022.02

面； 公分

ISBN 978-626-316-420-8（平裝）

譯自：**むすぶと本。「外科室」の一途**

861.57　　110020724